レジェンドノベルス
LEGEND NOVELS

予言の経済学 1

巫女姫と転生商人の異世界災害対策

contents

レジェンドノベルス
LEGEND NOVELS

予言の経済学 1

巫女姫と転生商人の異世界災害対策

血塗られた白玉髄を束ねたような花が、宙を舞った。

泥にまみれた花弁が、紐《ひも》が切れた首輪の様にちぎれとんだ。

哀れな草花を踏み荒らしているのは、逃げ惑う人々の泥だらけの靴だ。

粗末な衣服の老若男女が百人以上。彼らは右往左往しながら、徐々に村の外れへと追い詰められていく。豊かに実る麦畑が、彼らが置かれた状況の深刻さを際立たせる。

妻と子供の手を引いていた夫の足が止まった。周囲を見た彼の目が絶望に染まった。妻が子供をかき抱き、子供は泣き叫び始めた。明るい色の帯で腰を絞った若い女性が、恋人らしき男性にしがみついた。男は手に持った鋤《すき》を前に構えるが、その腕は震えていた。

彼らは一体何に追い詰められているのか、その瞳に何を映しているのか。

哀れな村人達から彼らの周囲へと、彼女は視線を移動させようとする。だが、その視界は黒い霧のようなものに突如遮られた。

昼の太陽に照らされているのに、黒いうねりの中は全く見えない。所々に、微かな光のきらめきがもやの隙間からこぼれるだけ。

そうして、黒い霧の包囲網はジワジワと人々に近づいていく。

これから起こるであろう惨劇の犯人は、彼女には見えない。

シミ一つない白い靴が、大理石の床にたたらを踏んだ。

窓のない六角形の部屋の中。深夜。一人そこに立つ少女は、揺れた身体を立て直した。

彼女を照らすのは禍々しさすら感じさせる紫の光。それは、複雑な模様を内部に向かって刻み込んだ、透明な球体から立ち上っている。

少女は両手を球に伸ばした。だが、紫光は急激に力を失いはじめる。光の残滓《ざんし》を追うように嫋《たお》やかな手が空を泳ぐ。だが、光はついに完全に消えた。

プロローグ

コッ……。

小さく、柔らかく、そして硬質の音が耳に届いた。ティーカップが皿に着地した音だ。上品なことだ。俺ならガチャッとやってしまうだろう。

視界の六割方を地面に占められた姿勢で、春の野草に止まった蝶《ちょう》を見ながら、俺はそんなことを考えた。

銀の盆を掲げた女生徒が俺ともう一人の間を通って、音のほうへ進む。慎重に視線を上げる。目前の東屋《あずまや》の中では、白いテーブルの上に二つのガラスの小瓶が並べられているところだった。

右の瓶には飴色《あめいろ》の自社商品、左には黄色の競合商品が入っている。横に薄い長方形の焼き菓子を並べた皿が置かれた。生地の色からして、精白した小麦粉で作られて、黒砂糖は使われていないビスケットかな。なるほど、あれに蜂蜜を掛けて味を比べるという形か。

放課後の学校、中庭のお茶会《コンペ》が事業の未来を左右する巨大なリスクになるとは、これだから身分社会は……。

給仕役が一礼して身体《からだ》を引くと、テーブルの中央奥に座る少女の、銀をまぶした青髪が見えた。

青銀の髪を腰まで伸ばした少女は同級生だ。

左右に座る取り巻きのご令嬢や先ほどの給仕役と同じ、ミッション系を思わせる制服を着ていても、違う世界の住人だと錯覚させるだけの気品をまとっている。前の世界では美少女をアイドルのようと例える表現があったが、どちらかといえば美術品だ。

彼女がこのコンペの元凶。定義上は同級生でもその言葉一つで俺の〝首〟が飛びかねない。基本的コミュニケーション能力に不足があるうえ、身分社会ネイティブではない俺にとって、ボラティリティーが高すぎる相手ということだ。

だからこそ彼女には近づかなかった。向こうも公務とかであまり登校しないから、それこそしゃべったこともない。おかげでこの危機的状況で相手の情報が決定的に不足している。今回、彼女にしてみれば平民にすぎない二人の男子の争いに介入した理由は何だ？

俺がぎりぎりまで視線を上げ、少女の表情を確認しようとしたとき、

「少しは落ち着いたらどうだ。リカルド・ヴィンダー。御前で不作法だぞ」

目聡《めざと》く咎《とが》めてみせたのは、同じ地面の上で同じ姿勢で膝を突く隣の男子。俺より大分ランクの高い生地で仕立てた制服を、小太りの身体に着ている。栗色《くりいろ》の髪の先まで不動を維持している彼だが、横顔には微《かす》かに歪《ゆが》みが見える。

彼もこの状況はよほど気に入らないのだろう。王国の商業組合《ギルド》の中でも最大を誇る食料ギルド、その代表であるドレファノ商会御曹司としては、彼我の商品が同じテーブルに並ぶこと自体、あってはならない侮辱というわけだ。

突然のコンペに迷惑していることに関しては、俺もまったくの同感なんだけどな。いや、お坊ちゃま以上に深刻だ。もちろん、商品に自信がないからじゃない。我がヴィンダーの『銅の蜜』とドレファノの『金の蜜』は、末端価格で十倍は差がある。だが、純粋に商品の質だけなら差はない。

こちらがわざわざそう評判を誘導したのだ。

(王女殿下だか巫女姫《みこひめ》様だか知らないが、ウチの事業戦略も知らずに勝手なことしやがって)

俺は〝こちら〟の世界で養蜂事業を作り上げるまでの苦労を思い出す。

＊

約一年半前、初秋。王国西部辺境。

緋色《ひいろ》の絨毯《じゅうたん》が初秋の草原を覆っている。車輪状の赤紫の花をつけた野草、王国レンゲと俺が勝手に命名した植物、の天然の花畑だ。満開の花々の上を羽音も忙しく飛び回る蜜蜂。彼女たちは腹に収穫を溜《た》めると、土手の陰に並ぶ重箱のような巣に戻っていく。

西に人間が踏み入れない赤い森《ルーヴェル・ヴァルト》を見る辺境の地。王国のほとんどの人間が名前も知らない小さな村。森と村の間に広がる人気《ひとけ》のない草原が、我がヴィンダー商会の主力商品生産地だ。

「うん、いい出来だ」

水車で遠心分離した黄金の液体を小指で口に運んだ。舌に染みこむのは、えぐみも癖もない濃厚な甘さ。精製された砂糖がないこちらでは超が付く高級甘味である蜂蜜だ。

土壌の質や水源に乏しく、農業に使えない土地でも野草は旺盛に繁茂する。そこに、広く薄く存在する天然産物である花蜜を、人手を掛けずに採取、濃縮加工する。これが養蜂の基本的なエネルギーコスト原理だ。

ここに再現された巣箱を始めとした近代養蜂の仕組みは、野外採取に頼る競合に対して、生産量と生産性で圧倒的な優位を誇る。さらに蜂蜜は重量単価において比類なく、おまけに長期保存可能だ。つまり、消費地から遠く離れた辺境で〝そこそこ〟生産しても採算が取れる。

大げさにいえば、経済価値のない草原を金鉱脈に変えたに等しい。

ちょっと前まで小さな村を回る行商人だったヴィンダー商会には最適の事業構造といってよい。

だからこそ、四年の苦労の末、なんとかここまで作り上げたのだ。

「俺の手柄ってわけじゃないけどな」

巣箱の構造はもちろん、抽象的な経済モデルを描き出す知識も、元の世界《ちきゅう》のものだ。


空を流れる三角形の雲に、大学の恩師である髭《ひげ》の老人を思い出す。

滑り込んだ地方大学の経済学部。なんとなく選んだゼミの教授は、とにかく変わり者で博学だった。口癖は「経済学は個人の物理学であり、人と人との化学であり、社会の生態学である」だ。普通の経済学者ならミクロ経済学、マクロ経済学というおもしろみのない分類で片をつける。恩師にとって『経済学』とは世界をモデル化する切り口として、金の流れが最適であることを意味するにすぎなかった。

もっともその薫陶を三年もの間受けても、悲しいかな不肖の弟子だった。学んだ深遠な知識や概念を、実社会で活用することはできなかった。

頭の中にだけある知識など、目の前に物理的に積み重なっていく仕事の前には文字どおりの蟷螂《とうろう》の斧《おの》。攻撃力ゼロの武器だ。素手に戻った俺にできることは、毎日朝から晩まで可能な限り頑張るだけ。もやが掛かったような頭で心身を削り続けるだけの日々だった。

降りかかる仕事の量と種類に押し潰された俺は、もともと乏しかった自分および対人関係のコントロール能力を失う。使えない人間のレッテルを貼られ、実際成果を上げられないのだから反論もできない。苦し紛れに『○○の仕事術』なんてビジネス書を読んでも、活用できない情報の水位を上げるだけ。

向こうでの最後の記憶は、机に打ち付けていた額の痛みで一瞬戻った意識と、積み重なった未処理の書類が頭を埋《う》める感触だった。文字どおり仕事に潰されたといったところか。

気がついたらこの村と赤い森の中間にある藪の中に倒れていた。雨上がりだったのか、水たまりに映った顔が小学校高学年くらいまで若返っていた。赤く腫れた右頬が小学校の運動会で派手にこけた後に撮った写真にっそっくりだったのだ。転移だか、転生だかの際に木にぶつかったらしい。

もっとも、そのときはそんなことを考える余裕はなかった。その木に巣を作っていた蜜蜂に追われて必死に逃げ出したのだから。

「おかげで夏休みに小遣い目当てで手伝った、祖父《じい》さんの養蜂を思い出したんだけどな。小学校の夏休みの工作課題で巣箱のミニチュア模型を作った経験がまさか役に立つとは……」

今や夢の中の幻にすら思える地球から、手の中にある蜂蜜の壺《つぼ》の重さに意識を戻す。

皮肉なことに、大学で頭の中に修めた学問と、この手に重さを伝える実物を結びつけられるようになったのは、こちらに来てからだった。まったく異なる環境だからこそ、一つ一つの知識を現実に向けてかみ砕くことができたのだと思っている。

もはや机上の空論でないことは、この手にある重さが保証してくれる。

「もうちょっと森に近づければ、生産量が上がるんだけどな」

「ここでもギリギリですよ。先輩」

現実に戻った俺のつぶやきに答えたのは、いつの間にか隣に来ていた小柄な少女だ。帳簿を片手に持った黒髪のお下げの彼女は、空いた手で周りに生えている赤い葉の樹木を指差した。紅葉《こうよう》のように見えるが、紅葉《もみじ》ではない。一年中あの色なのだ。

赤い森の影響が及んでいることの印だ。蜜蜂は気にしないが、村人は恐《こわ》がってこの土手の向こうには行かない。

「でもさミーア、魔獣の姿なんてこっちじゃ誰も見たことないんだろ?」

俺は未練がましく赤い森を見た。ミーアは黙って首を横に振った。この冷静な娘がこうも譲らないのでは、あきらめるしかないか。慣れてきたからといって、俺は向こうで二十年以上積み重ねた常識を引きずっている。

「ま、現時点で解決すべき優先課題は生産量より販路か。ベルトルドではもう限界だからな」

王国西方の中心都市ですら、高級品市場は悲しくなるほど小さい。しかも……。

「〝たまたま採れる〟はずの蜂蜜を定期的に出荷していることに、向こうの商人が苛立《いらだ》ち始めている。会長の判断です」

「義父《おやじ》さんが言うなら間違いないな。あの程度の量でシェア荒らしになるんじゃ、やっぱり最大消費地に手を伸ばすしかないか。王都の学院に入学できるくらいの資金は貯《た》まったしな」

木を隠すなら森の中というように、生徒として紛れ込んで情報収集をしつつ、ゆっくりと人脈と販路を広げるという計画だ。何しろ、俺の考える最終的な蜂蜜の生産量は今の十倍や百倍ではないのだ。

「……村娘にすぎない私を王都の学院に送ってもらえるんですから、商会に損はさせない働きはします。うかつな先輩の管理も含めてですけど」

我が数学の弟子にして、すでに師を遠く超えた少女は、帳簿を目で観賞しながら言った。

＊

東屋を遠巻きにしている、お坊ちゃまより俺に近い生地をまとった学生たちの中に、小柄な少女を確認する。友人の少女たちに囲まれているミーアの瞳が、俺に前に集中しろと指示する。

テーブルではまずドレファノの黄色の蜜が小麦菓子に掛かった。お坊ちゃまの身体にわずかに力が入った。さすがに相手が王様の娘さんとなれば緊張するらしい。

ちなみに、王都進出を果たしたヴィンダー商会に立ちはだかったのが、彼の家であるドレファノ商会だ。

国内唯一といってよいまともな規模の高級品市場であり、国家の中心である王都だ。先祖代々の取引関係によってシェアがガチガチに固められていることは知っていた。まあ、日本の感覚を引きずっていた俺は本当の意味での理解をしていなかったが。

それでも、当然対策は考えていた。伝統と格式を誇る大商人により、顧客である貴族との間に取引関係が確立している貴族市場に食い込むのではなく、新しい蜂蜜のニッチを作り出すことで競合を避けることができると考えたのだ。

ヒントは生食用と加工用だ。例えば果物では生食用、つまりそのまま食べる商品と、ジュースやお菓子などに加工される原料では、同じ種類の果物でも値段の桁が違う。あるいは酒と調理酒の違いだろうか。蜂蜜は元の世界の基準なら超高級ワイン並みの値段だ。いかに物が溢《あふ》れていた地球でも、高級ワインをワイン煮に使ったり、カクテルの材料にしたりしない。

砂糖の代わりに酒に混ぜたり、お菓子の材料として使ったりという蜂蜜の新しい市場を作ろうとしたのだ。もちろん顧客も貴族ではなく、裕福な平民だ。超高級品市場に対して、ちょっと高級品市場は数倍の規模があるものだし、それをさらに広げてやろうという思惑もあった。

ドレファノの『金の蜜』に比べれば銀にも及ばぬヴィンダーの『銅の蜜』。名付けて逆ブランド戦略だ。無名の小商会が通常の十分の一の値段で蜂蜜を売ることに説得力を持たせる意味もある。

それでも、ぽっと出の新興商会が扱う商品としては高級品だ。一軒一軒、顧客を広げていくのには苦労した。それが実を結び始めたとき、突如として大商会の妨害が始まった。獲得した取引先の七割方――それも大きいところから――が一斉に取引を断ってきたのだ。

食品業界を牛耳るギルド代表であるドレファノの圧力だった。どうやらベルトルドのほうから情報が来ていたらしい。さすが、傘下に多くの商会を抱えるだけのことはある。

あのときは正直ぞっとした。王都に根を張るという意思表示として、借りていた小店舗を買い取った直後だったからな。

幸いというか、残ったわずかな取引先だけでもヴィンダーの王都での活動を賄《まかな》うのに足りた。利益率が高すぎるおかげだ。ただし、今後の発展は望めないという状態になった。

その後も、わざわざ割増《わりまし》料金を払ってまで規格を揃《そろ》えた壺の注文を妨害されたり、やっと届いたと思ったら割れていたり、本当にいろいろあった。向こうのシェアを荒らさないように気を遣ってこれだ。逆にいえば、対策していなければ店の命運はとぎれていただろうな。

まあ、勉強になったよ。おかげでこちらの商慣習というやつがいやというほど理解できた。この世界の商業システムの持つ長所も短所も、力も弱点も実感として理解できた。一年足らずで王都の市場とギルドのシステムに関して情報を得られたという意味では〝効率〟が良かったな。

現実を知ったということは、それを変えるポイントを見つけることができるということだ。俺の持つ知識と概念が、こっちでどう応用できるかイメージできるようになった。そのことに関しては冗談抜きで感謝している。

それにまあ、俺のほうも『イノベーションのジレンマ』のノリで高級品市場も含めてひっくり返そうかなって思惑もあったから、実際にドレファノの潜在的な敵だったしな。

その延長線上で学院において、ドレファノの御曹司が俺に絡んできたが、所詮は子供の喧嘩《けんか》の範囲だった。新規顧客の開拓を控えていたおかげか、最近は妨害が下火になってたしな。

お坊ちゃまは牽制《けんせい》のつもりだろう。大量の穀物と広く高級食材を扱うドレファノの中で蜂蜜の占める割合は小さい。貴族向けのブランド価値と何より面子《メンツ》が主な動機だ。

ただ、だからといって限度はある。高級品市場の将来の顧客の歩いている学院の廊下で、ウチの商品を貶《おとし》めるとしても「色水で半分に薄めた」は言いすぎだ。伝統と格式という外観的評価や、味や風味という感覚的評価ならともかく、異物混入の言いがかりには反論せざるをえない。

商品を買ってくれた客への責任は商会の大小に関係ないんだからな。それも、お前のところの圧力に耐えて取引を続けてくれた大切な客だ。義理を欠くわけにはいかない。

引かない俺にいらついたお坊ちゃまが、例によって業界内での家の地位や有力者との繋《つな》がりで威嚇した、そのときだった。

俺たちのそばを、普段あまり登校しない同級生が通りかかってしまったのだ。さらによせばいいのに、その十六歳にしてはいささか慎《つつ》ましい胸の奥を痛められたらしい。そういう演出かなと俺は疑っているが。

この状況、当事者二人とも望まなかった巨大な不確実性はこうして発生したわけだ。

テーブルの中央奥で、少女の白く細い指がカップを持ち上げた。平衡器でも仕込まれているのかという動きで移動した白い磁器が、小さな桜色の唇に触れる。そしてゆっくりと傾けられる。

立てるべきと決まっているんじゃないかという程度の音でカップが置かれ、その白くて細い指が飴色の蜂蜜――ウチの商品――を掛けた焼き菓子に伸びた。

さらさらの青い髪を耳に掻《か》き上《あ》げ、嫋《たお》やかな指から小さな口へ、生地と一緒に蜜が運ばれた。細い頤《おとがい》がゆっくりと上下する。

思わず緊張する。贅沢品《ぜいたくひん》など食べ慣れている身分階級の最上位に、ウチの商品がどう判断されるか。それはどうしても気になる。素の反応が表には出ないとわかっていても、間違ってもウチのほうがうまいなんて言ってくれるなと思っていてもだ。

固唾《かたず》をのんだ俺の視線の先で、整った顔がわずかにほころんだ。白磁の美貌にふっと差した歳《とし》相応のあどけなさ。思わず状況を忘れて見とれそうになるほど可憐《かれん》だった。

姫君の斜め後ろに控える赤毛のポニーテールの女生徒が俺を睨んだ。ちなみに彼女は制服の腰に細身の剣を下げている。慌てて頭を下げた。危ない危ない。高嶺の花なんて暢気に愛でてたら転落死するのがこちらの社会だ。

「堪能《たんのう》させていただきました」

王女様はもう一度カップを手にとり口を潤した。

一気に緊張が高まった。〝判決〟のとき来れりだ。純粋ビジネス的には「二番目の色の輝きがなく、風味も乏しい品は、格式あるドレファノの品には及ばぬものの、一応蜂蜜ではありますね」くらいがいい。

ソフトランディングを願う俺の前で、紅茶にぬれたつややかな唇が柔らかくも透明感のある声を発する。

「私には双方とも優劣をつけがたく、どちらもとても美味でした」

王女はそう言って、俺たち二人に公平に微笑《ほほえ》みを向けた。

彼我の商品に明確な上下なし。こちらの自己評価と同じだ。評価された喜びがこみ上げる。

序列と格式に強固に支配された王都の高級品市場では、歴史と格式のある大商会の商品は、小商会の商品より優れていると〝決まっている〟のだ。そういった秩序構造のまさに頂点として君臨する王族が、中身を素直に評価するなんて期待していなかったからなおさら。

実際、お姫様の周りにいる取り巻きのご令嬢たちも戸惑っているように見える。

必要なこととはいえ、自慢の商品を二級品と位置づける苦行をしている俺に、純粋に評価してくれる言葉が甘く響いたのは仕方ない。

（……いやいや、そんな場合じゃないだろ）

そんな素直な反応をする余裕は俺にはない。

見ろ、さっきまで不動だった隣のお坊ちゃまの肩が震え、横顔が紅潮している。

引き分けは最悪じゃないが、十分すぎるほど問題だ。

「殿下。そろそろ聖堂に向かわれませんと。予言に向かわれるお時間が迫っております」

赤毛の女騎士が主《あるじ》に耳打ちした。お姫様の顔が一瞬で引き締まった。

「春の祭典に向け、大事なお務めでご多忙の中、我らのために、真《まこと》にありがとうございました」

お坊ちゃまがなんとかそう言った。内心では俺同様に相手を呪っているだろうに、この切り替えは見事。俺にはないスキルには感心する。

「忙しいならわざわざ余計なことをするな」と聞こえるのはご愛敬《あいきょう》。

こっちはそんな余裕はなかった。脳内で勝手に始まったシミュレーションにパニックになりそうになる。

貴族ではなく平民用の二級品と位置づけ、別のニッチで棲《す》み分けていた金と銅の蜂蜜。それが同等だと王女《セレブリティ》にレッテルを貼られてしまった。評価したのが彼女でなければ、舌が貧しいで終わるのだ。一瞬動揺したご令嬢たちも、礼儀正しく沈黙を守っている。

逆ブランド戦略の破綻の危機だ。巨大資本、それも権力と癒着した業界代表――の圧迫が今後さらに強まる。金を出しても買いたかった向こうの油断が失われる。これだけでも全力で当たらなければならない問題だ。

加えて、俺にとっての対処の難しさという意味ではそれにも勝るもう一つの問題。

柔らかな笑顔を俺たちに向けて、席を立とうとしている青髪の美少女。まるで公平無私な公人の振る舞いに見える。

だが、実際は俺に〝大きな恩〟を売ったと思い込んでいるであろう、お姫様だ。ノウハウの欠片《かけら》もない問題に頭が痛くなる。

あと数日で春休みというタイミングでこれだ。苦り切った表情を隠すため膝を折ったままの俺。ドレファノが吐き捨てるように何かを言ってから離れていく。多分調子に乗るな的な発言だろう。乗ってないから。どうせならもっと現実的な助言をくれ。

ミーアが急いでこちらに来るのが見えた。

珍しく心配そうなその顔。俺は首を振って形のない不安を追い出しに掛かる。大丈夫だ。原因が環境だろうと相手だろうと自分自身だろうと、問題は問題だ。問題として対処すればいい。

やることはいつもと同じ。まずはこの二つの巨大な問題を、俺の脳内に収まる程度まで整理する。情報を集めて、そして問題の急所を一つ決める。後は、その一点を解決するために行動するだけ。ほら、単純な話だ。

第1話

影響

「注文状況はほぼ変化なしか」

「はい、先輩」

コンペから三日後、授業が終わった教室から出る学生たちは、第二の本分のために中庭に急ぐ。社交と無縁の俺は、反対方向に歩きながら黒髪お下げの秘書殿に、ここ数日の注文の確認をしていた。

幼さが残る顔立ちにおとなしめの髪型が似合う。華やかさを良しとする上流階級の女生徒たちと比べると地味だが、野に咲く花のような可憐《かれん》さと、野草のような逞《たくま》しさを持つ。ちなみに後者は特に俺に対して発揮される。

ちなみに俺のことを『先輩』と呼ぶが同級生だ。商会のメンバーとして先輩だから先輩らしい。生まれた年がはっきりしないから一、二歳年下なのかもしれないが。

ミッション系を思わせる制服をまとった姿は、村の孤児としてつぎはぎを着ていたときとは大違いだ。義父《おやじ》などは悪い虫が付かないかと本気で心配し始めている。

ちなみに村に来ていた行商人で俺の計算能力と養蜂の話に興味を持ったヴィンダー商会の会長が、俺の養父ということになっている。身元も明らかじゃない少年には社会的に何の信用もないのがこの世界だ。

俺が商会の名で活動するために必要なのが、養子という形というわけだ。

ミーアも養女にという話もあったんだが、俺が結婚するまではと断ったらしい。なんでも、俺はダメな女性に騙《だま》されそうなので、妹になったらその女性を義姉《あね》と呼ばざるをえないから嫌、だそうだ。理由が間接的すぎてわからん。

「あんなことがあっても変わらずか……」

「はい。取引を断ってきた店はなく、逆に新しく銅の蜜に興味を持った顧客、特にこちらが警戒していた貴族層からの引き合いはありません」

怪訝《けげん》そうな俺に、ミーアが詳細を告げた。頭の中に帳簿を記憶しているのではないかというくらい優秀な秘書が言うことなら間違いない。

「断れない注文が大量に来たら対応できないからな。それに、ドレファノのシェアを荒らす形にはなってない。これまでの取引先に新しく圧力が掛からなかったのはそれが理由か？」

「しかし、息子のほうは今日も先輩を威嚇してました」

「そうだな、どうも新しく獲得したコネが自慢らしい。ロワンとかって名前の上級生と最近親ししているそうだ。向こうから情報を持ってきてくれるんだから感謝しないとな」

俺はさっき教室を出る前のドレファノを思い出した。

「ロワン伯爵の公子ですね。伯は第二騎士団の副将です。ちなみに、あの女の父親、アデル子爵も第二騎士団の部隊長ですね」

あのコンペのとき、王女のそばにあって俺を睨《にら》んだ赤毛の女生徒を思い出した。

「あの女ってクラウディアのことか、人前では言うなよ」

「ご心配なく、王女の前でギルド代表の跡継ぎに喧嘩《けんか》を売る先輩とは違いますから」

ミーアは分度器を逆さにしたような目で俺を見た。

「コホン。新しいコネは軍絡みか。これまでは基本行政関係だったから、違う傾向だな……」

子供同士が繋《つな》がっているということは必然的に親同士も繋がっている。この世界では家は法人に近い存在と考えないといけない。

政略結婚というとイメージが悪いが、要するに企業間の提携や合併の契約なのだ。そう考えれば、個人の好悪より家の利害が優先されるに決まっている。仕事相手を感情で選べるわけがない。

親類縁者から先祖代々の家臣《しゃいん》を含め、家業で生きているのだ。

「騎士団の武力でヴィンダーを潰すって話じゃあるまいしな」

「ドレファノがその気ならもっと手軽に動かせる力がありますね」

ギルド代表の体面はもちろん、費用対効果を考えれば騎士団を使うなんて論外だ。虫一匹を潰すのにダイナマイトで吹き飛ばす奴《やつ》がいるわけがない。

俺はドレファノ会長の採算感覚は信用している。

「となると商売の話か。騎士団相手の商売に食い込もうって腹なのか？」

「すいません、そこまではまだ……」

「ああ、そりゃそうだ。軍事関係の情報なんてそう簡単に表に出ないよな」

「ただ、可能性はあります。王都の守護が役目の第一騎士団と違って、第二騎士団には東方の魔獣氾濫《モンスターフラッド》の討伐という遠征任務がありますから」

東の端までの遠征に掛かる食料となると、嗜好品《しこうひん》である蜂蜜とは動く金の額が桁違いになる。

「その仮説を採用するなら、今はウチなんか相手にしている暇はないな。ドレファノ側の動きが鈍いのはお姫様の宣伝効果が小さいからじゃないってことか。となると、当面は大丈夫だが……」

「重大案件が片づいた後が問題ですね」

近い将来、さらに巨大化したドレファノと対峙《たいじ》することになる。

「悪夢だな……。いや、待てよ。別の方向から考えたらどうなる?」

対外戦争がなくなって約四十年。元は五つあった騎士団も三つ、規模で二つ半に半減。一番小さな第三騎士団に指揮官として王子が就任したって話題になっていたな。

軍縮は要するに人員整理だ。それも、騎士団となれば基本は貴族階級。となれば徐々に行われる。ガチガチの縦割りシェアで生きている商人にとっては、真綿で首を絞められている感じのはずだ。その果てに今回、最大手が無理やりの参入。それも、ギルド代表の権力で割り込むとなれば……。

「遠征任務の需要を担っていた商会があるよな」

「はい。食料ギルド第三位のケンドールです。ケンドールの会長はギルド代表をドレファノと争った経緯があります」

「なるほど、ドレファノには及ばずとも、ウチとは比べものにならない大物だな……」

ドレファノの敵の発見だ。今回の件でタイミング良くつつければ……。

「まだ確証はないとはいえ、覚えておく価値はあるな。仮に役に立つ可能性が10パーセントでも、同じ条件の情報を十も揃《そろ》えれば……」

「0・9の10乗ですから、ひっくり返して65パーセントの可能性で役立ちますね」

関数電卓かよ。さすが数字が色つきで見え、数式は立体視形できるだけのことはある。というか、それを知ってスカウトしたんだ。ただし……。

「……」

「私、間違いましたか?」

ミーアは首を傾《かし》げた。

「いや、計算は正しい。ただ現実ではその十の要件は独立していないことが往々にしてあるんだ」

向こうにいたときの最大級の金融危機を思い出す。複雑な金融商品で繋がった巨大銀行を独立した倒産確率として計算した結果、世界が倒産しかけたのだ。

タイヤのパンクは普通めったに起こらない。タイヤ一つがパンクする可能性が0・01パーセントなら、二つ同時にパンクする確率は一億分の一だ。予備のタイヤ一つで修理工場までは持つ。だが、道路に棘《とげ》が撒《ま》かれれば関係ない。そして、高速道路で車間距離ほぼゼロで疾走している状況でそれが起きたら?

俺なんか比較の対象にもならない数学的天才たちがやらかしたことだ。現実はかくも複雑で経済学は極めて限定的な力しか持たない。

「話がずれたな。えっと、今の話はあくまで想像だから……」

「わかっています。ドレファノと第二騎士団。……そしてケンドールの情報を集めます」

「頼む」

数学能力に比べればおまけのようなものとはいえ、ミーアには俺よりも社交力がある。何しろちゃんと平民生徒同士のネットワークに参加しているんだから。

「すまん。友達の家を調べるようなことをさせて」

ミーアの友人は確かケンドール傘下の商会の娘だ。

「大丈夫です。お互い様ですから。それで……王女殿下のほうはどうしますか」

「いまだに意図が読めないんだよな。取り巻きあたりからそろそろ何かありそうなんだけどな。本人はそもそも、学院に来てないし……」

俺は思わずため息をついた。この状況を生み出してくれた美しき姫様だ。宣伝効果がなかったからといって放置できる相手じゃない。

「少し調べましたけど情報が入ってきません。春の祭典の準備で多忙だというくらいです」

「コンペのときに護衛役が何か言っていたやつか。巫女姫《みこひめ》って聖堂の役職だよな。どうせ名誉職だろうけど……」

「去年の春の祭典についてリルカたちに聞いてみます」

「頼む」

「いえ、こういう情報収集は私の仕事ですから。先輩は先輩の仕事をしてください」

ミーアは廊下の向こうをちらっと見た。俺たちは互いの仕事のために別れた。

「ただ、それにしても……」

ぼっちになった俺は、廊下の窓から見える庭の東屋《あずまや》の並びに視線を移した。多くの学生が表面上は楽しそうに放課後を過ごしている。前の世界の放課後にもありそうな光景だ。

だが、実は真剣勝負だ。教室や廊下での立ち話と違って週二回の社交解禁の日、あそこでの会話は半公式の意味を帯びる。

誰が誰を招いたのか、そこでどんな会話が交わされたのかが大きな意味を持つ。華やかな雰囲気に見えるが、社交という戦場だ。

そこで王女の名の下に行われたのが先週のコンペだ。

「四番目とはいえ王女殿下だよな……」

その影響の小ささは正直意外だ。

「まあ、こっちとしてはそのほうがありがたいけどな。さて、それよりも今は仕事だ」

華やかな中庭から人気《ひとけ》のない廊下の先に目を移した。そこにある大きなドアを目指して歩を進める。俺がこんなめんどくさい場所に通うもう一つの目的だ。あそこはこの世界では貴重な知識の宝庫。要するに図書館だ。


俺が図書館のドアに手を伸ばそうとしたとき、内側からそれが開いた。中から出てきたのは、赤毛のポニーテールの女生徒だ。

さっと横に避《よ》けた俺を見て、女生徒ははっきりと顔をしかめた。ちなみに俺は同じ表情になるのを必死に抑えている。よりによって「あの女」の登場だ。

王女の側近が一人というのは珍しい。なんでこんなところにいる。

「どうしてこんなところにいる」

「俺は常連だぞ。むしろ聞きたいのはこちらのほうだ」そう返せれば苦労はない。いや待てよ。俺は図書館のドアを見た。もしかして中に同級生殿下がいるのか？　となると撤退の一手だ。

「貴様に一つだけ言っておく。この前の件、おかしな勘違いをするなよ」

「何のことでしょうか？」

「姫様の御慈悲に、おかしな勘違いをするなということだ」

俺はあっけにとられた。いくら綺麗《きれい》でも、一歩でも踏み外したら墜落死確定の高嶺《たかね》の花だぞ。さっきまでミーアと二人で距離をとるための相談をしていたぐらいだ。

「あるいは、姫様のお立場を利用しようなどと……」

無言の俺に、クラウディアは別の疑念を思いついたらしい。どうも俺が王女の威光を笠《かさ》に着てうまい汁を吸おうという輩《やから》に見えるらしい。

これには正直かちんときた。もちろん宣伝効果もなかったのによく言うなという意味ではない。

この国の秩序の形に圧迫されている俺が、それを俺好みに変えるという数十年規模のマイルドかつ部分的な反抗計画を準備中の俺が、よりによってその秩序に搦《から》め捕られたがっているだと。

「今のお言葉、何か根拠――」

「ヴィンダーじゃないか」

俺が冷静に相手の言葉の不備を突く、つまり何の利益もない行動に出ようとしたとき、背中から聞き慣れた声がした。

「ほう、この男がお前の言う籠背負《かごせお》いの息子か」

さらに聞いたことがない傲慢そうな声音が続いた。ちなみに籠背負いというのは行商人に対する蔑称だ。

見知らぬ一人を含めた三人で包囲とは。ワーキングメモリーに無茶な負荷を掛けてくれる。

振り向いた俺の目に、ドレファノとその横で偉そうに腕組みしている男子学生が映った。

上級生だろう、なるほど三、四年の教室からだとこっちのほうが中庭に行くには近いんだよな。となるとドレファノ君の新しいパトロンというのは……。

「はいロワン様。水で……まがい物の蜜で庶民を騙しているのです」

水で薄めたと言わないのは、この前のコンペが効いているらしい。それでも、まがい物はないだろう。いや、俺は良《い》いんだ何を言われてもな。お前の油断をそんなことで買えるなら、あまりの超過利潤に後ろ暗さを感じるくらいだ。

実際、俺はお前の敵だし、お前が家を継いだ十年後あたりに無視し得ない損失を与えてやるつもりでいる。

だけど、お前の意識の中の俺はどうだ？　お前が俺を見るその目は敵に対するものじゃないよな。その歪《ゆが》んだ目は、当然の権利を行使している人間のもの。俺が立場の上下を理解していないことに苛立《いらだ》ってさえいるんだろ。

別に俺を自分より劣ると判断するならそれで良い。こいつの中の俺の評価はこいつのものだ、好きにすればいいし、正確に評価されたら困るくらいだ。ただな、仮にお前が俺の百倍偉くて百倍優れていても、俺にとっては俺のほうが一万倍は大事なんだぞ。

さらに理解できないのは、今まさに俺に敵対しているのに、反撃されるリスクを意識していないことだ。自分は安全地帯にいる、と信じることができる精神に辟易《へきえき》とする。

もちろん現実的には、立場が強ければ強いほど反撃される可能性は減る。それは世の現実というもの。だが、どれだけ強い立場の人間でもリスクはゼロにはならない。

隙を衝《つ》かれれば弱者に足を掬《すく》われる。体勢が崩れたところで別の〝強者〟に攻撃されたらどうなる。巨大商会にも、無視し得ない敵はいるんだろ。弱り目は祟《たた》り目《め》を呼ぶんだぞ。独立した確率じゃないんだ。

それに、持つ者だからこそ、時間と労力を掛けて狙われる対象になりうる。時間を掛けて騙す価値のある財産を持つ人間は、本当に手強《てごわ》い詐欺師のターゲットになる。

いや、もちろん商売としてまっとうにやるつもりだが。そちらが一線を越えない限りはだけど。

「おお、これはアデル様。……もしかしてまたこの男が王女殿下にご迷惑を掛けようとしているのですか」

ドレファノはクラウディアを見つけて初めて怯《ひる》んだ。

「そういうことがないように、今釘《くぎ》を刺していたところだ」

「であろうな。巫女姫様は大変忙しいだろう」

ロワンがクラウディアに言った。クラウディアが目をそらした。共に第二騎士団の伯爵家と子爵家か。何かありそうだな。それにしても、二人続けて、好き勝手言ってくれるじゃないか。

俺にもし権力に媚《こ》びる気があれば、まず最初にお前との関係を改善するだろ。どうしてそうしないのか少しでも考えたら、要警戒という答えが出るはずだ。いや、まあその答えを出されたら困るんだが。

さて、同級生の心配なんてしている場合じゃないな。この状況でやり合うのはまずい。欠片《かけら》の利益もなく、リスクだけがばかでかい。完全に採算割れだ。

だけど引き方がある、商品を馬鹿にされて無条件で引けば、それは大事な顧客を馬鹿にされるってことだ。それこそ、まがい物かもしれない蜂蜜を認めてくれた貴重な顧客をだ。

撤退戦略を考える俺の目が、廊下の陰からこちらに来る女生徒を捉えたのは、そのときだった。見覚えがある。確かミーアの知り合いの……。なるほど、これならうまくやれば採算が取れるかもしれないな。

「確かに、私がアデル様と一緒にいるのは誤解を招くかもしれません」

俺はクラウディアに向かって頭を下げた。李下《りか》に冠を正さずというしな。

「王女殿下の側近であるアデル様としては、殿下の威を借ろうとする者に警戒するのは当然のこと。忠義厚き騎士の鑑《かがみ》ですな」

「うむ。殿下をお守りする役目として当然のことだ」

一瞬意外そうな顔をしたクラウディアだが、自慢げに肯定した。そこで俺はもう一方を見る。奇《く》しくも同じく騎士団の幹部と商人の息子の組み合わせだ。

「今後こういった誤解を受けぬためにも、物を知らぬ小商会に教えていただきたいのですが……。アデル様。確かロワン様のご実家は第二騎士団の副将を務められる国軍の重鎮でしたね」

俺は厳《いか》つい上級生をちらっと見て言葉を続ける。

「もし仮に商人がその威光にすがるならどういうことが考えられましょうか？」

確か、瓜田《かでん》に履《くつ》を納《い》れず、ともいうよな。

途端に場の温度が危険なほど下がった。俺の言葉にクラウディアが詰まった。当然だ、アデル子爵令嬢がロワン伯爵令息にもの申すなど、できるはずがない。この国の秩序的にな。

「ドレファノ君は、どうしてロワン様と一緒に？」

固まったクラウディアを確認して、俺はドレファノに尋ねた。視界の端の女生徒が廊下の隅に身を隠しながら、こちらに注目している。

「が、学院は身分の異なる出自の学生同士が、交流をなすためにある」

明白に動揺している。そして、出てきたのは自分が信じてもいない建て前。これ自体がすでに情報、それもドレファノの跡取り発の生の情報だ。でも、あの娘の気を引くには足りない。俺はもう一人の上級生に首を傾げて見せた。ロワンの顔が歪んだ。

「馬鹿馬鹿しいことを。騎士団が補給に万全を期すのは当然の義務。食料を扱う商会の代表であるドレファノと意見を交換して何がおかしい」

「な、なるほど確かにそうですね。軍事のことなどまったく知らぬ無知な者に貴重な教え、ありがとうございます」

俺はロワンに頭を下げた。そう、俺は心から彼に感謝している、本当にありがとう。そのまま、微《かす》かに顔を横に傾けた。

視界の端で、さっきの女生徒が目を見張っているのが見えた。はっきり確認してくれたよな。ドレファノと第二騎士団の重鎮の息子の間にある、そちらの親会社にとって決して捨て置けない関係を。

「わかれば良い。行くぞ」

俺が頭を下げていると、興が削《そ》がれたようにロワンがドレファノに言った。少し心配そうな顔でドレファノが続いた。やはり中庭に向かうようだ。どんな密談をするのかな。

俺は残ったクラウディアを見た。ご協力に感謝します。これで今回の侮辱は忘れてあげよう。

「……」

クラウディアは無言できびすを返した。どちらに行くのかと思ったら、廊下のほとんど端にある図書館のさらに向こうだ。そっち、何があったっけ?

女騎士が廊下の角に消えるのを確認して、俺は図書館のドアに手を掛けた。おそらく今ごろ、誰よりも廊下を急いでいるであろう、さっきの女生徒のことを考えると笑みがこぼれる。

保身的にはちょっと危ない橋を渡ったが採算は取れたかな。今後はドレファノがこちらにかまう暇がないくらい、そちらでかまってやってくれ。

第2話

図書館

浮き彫りのドアを開くと、紙の匂いが鼻腔《びこう》に届く。目の前には大学の大講堂くらいの静かな空間が広がった。真ん中に閲覧席が並び、その周囲を本棚が囲む配置。物音一つしないのは社交が解禁される日はほとんど人がいないからだ。

落ち着く……。なんてぼっち的安心感に浸る場合じゃないな。学院が閉まる春休みまでに、少しでも情報収集をしないと。

この世界では、最強の暗殺拳でなくても、ほんの小さな技術が一子相伝だったりする。情報伝達の基本は人から人であって、書籍にまとめられるものはごくわずかだ。識字率が低いうえに、技術と森林資源の乏しさで紙が高い。

ここにある本も、ほとんどは貴族の変わり者が自分の趣味をまとめたもの。記述の不正確さ、体系にまとめる努力の欠如。はっきり言えば気ままに想像で書いているものが多い。SFと科学書の区別がないといえる。

それでも、個人が直接目にすることができる世界はあまりに狭いので、書物を頼ることになる。そして、今俺の手の届く範囲でここ以上に書物が集まっている場所はない。俺がこの学院に通う理由だ。

ちなみに、元の世界で公表されていたようなマクロ経済情報はほとんどが国家機密。あるいはそもそも存在しない。貴族の脱税への警告か収穫量の粗いデータはあるが、どの程度の信頼性があるかは怪しい。

俺は目をつけていた一冊の本を手にすると、閲覧席に座った。

判断基準はこうだ。俺が直接知っている地域——例えば王国西部の一部の情報が正しく書かれている本を探す。その本の中に欲しい情報を探す。なければ同じ作者の別の本を探す。なければ、その作者が参考にしている本を探す。

判断基準は結局は人ということになる。

まあ、指先一つであらゆる情報を入手できた元の世界でも、本当に大事な情報を得るなら基本は一緒だったかな。「文章がうまい人間は事実を正確に書く人間よりも遥《はる》かに多い」というのは恩師が繰り返し口にしていたことだ。論文を世に送り出す学者がそれでいいのかと思ったものだが、社会に出れば至言だといやでも知る。

ちなみに、正しいことや美しいことを言ったり書いたりする人間は、正しいことを実行したり美しい行動をする人間と比べてさらに絶望的に多い。

本を開くと、ところどころに詳細なスケッチが入ったページが続く。俺が求めているのは博物学、この世界の動植物の知識だ。

カカオ、カイコ、ゴムなどいわゆる商品となる動植物について調べているのだ。こっちに都合良く存在する保証はないが、可能性はある。この世界の人間を含めた動植物の由来は地球だと確信している。俺自身がそうなのと、生物としての基本構造が似すぎていることからの判断だ。

レンゲの花が春ではなく、夏から秋にかけて咲くように、まったく同じではない。こちらに転移してきてから進化したのだろう。進化は生物がＤＮＡにより環境を学習する過程だ。授業料は命だが。

地球との間で大規模な〝転移〟が過去に何度かあったのだろう。少なくとも地球の中世までに一回起こり、人間が来た。もっと古い時代にも何度か起こっている。地球では滅んだ巨大生物がいるのだ。ちなみにそういった古い時代に来た生物は、長い年月をこちらで経た結果としてよりこの世界に適応している。

俺はあるページに目を留めた。額に大きな石を付けた動物が描かれている。巨大な狼《おおかみ》。象の牙くらいありそうな長い犬歯を持ったトラ。こちらに来た巨大なイヌ科とネコ科の先祖の子孫だろう。そして、もう恐竜というよりドラゴンだろうという巨大生物。記述を信じるなら炎を吐くらしい。本当に地球原産かちょっと自信がなくなる。さらにいえば、巨大なアメーバも生息しているそうだ。

魔力に適応したこれらの生物は魔獣と呼ばれる。普通の人間では決して対抗できない恐るべき存在だ。幸いにも、魔獣は魔力源から離れて活動できず、強力な魔獣ほど大量の魔力を必要とする。

その魔力は山脈に沿って流れている。この国の東と西に大きな山脈があり、魔獣の生息圏はその山脈と隣接する森林だ。

まるで紅葉《こうよう》のような真っ赤な葉の樹木が特徴であり、赤い森《ルーヴェル・ヴァルト》と呼ばれる。レイリア村から西に見える山脈が西の魔脈だ。

一方、平野部には魔力はほとんど存在しない。

つまり、人間は平野部で魔獣は山脈部と棲《す》み分けられている。例外的に、東方では山麓の森から魔物の群れが現れることがあり、予兆が出るたびに騎士団が討伐に向かう。現在では軍の最も重要な仕事で、何年か前に王都から出発する騎士団を見た義父曰《おやじいわ》く、派手な出陣式と凱旋式《がいせんしき》が行われるらしい。

騎士団が討伐したという巨大狼の首の剥製を見たことがあるが、牙や舌、そして食道などがちゃんとあることから、魔力と普通の食べ物の両方をエネルギー源としていると推測している。

それはともかく、仮に有用な動植物がそこにあったとしても、紛争地域にあるようなものだ。とてもじゃないけど手を出せるものじゃない。

ちなみに北西で大河を挟んで国境を接する帝国は、山がちの地形のため魔獣との関わりも多いらしい。そっちには別の知識があるかもしれないな。

「魔獣なんてある意味ロマンだけど。もっと手近な新しい商品の種を見つけないと」

純粋に経済的観点からヴィンダーを大きくするなら養蜂だけで十分だが、俺の目標はもう少し大きく広い。そもそも、蜂蜜事業を大きくするための交渉にも、第二第三の矢を用意していないと危ない。

交渉相手はこちらよりも立場が強いのだ。継続して利益を生み出す存在と思わせなければ交渉にならない。金の卵ではなく、金の卵を産む鶏と思わせないといけないのだ。それですら慎重に相手を選ばないと童話の結末になる。

対等な交渉など存在しない、そして対等じゃないと交渉は価値が低い。

立場が弱くても部分的にでも勝っている武器があれば、ある条件での対等を作り出せる。これは有益かつ継続的な関係を持つために必要なことだ。正しさの話ではなく、双方の実益のための話だ。

さて、無力な小商会がそんな武器を持つためにはどうするか。情報というものは無形だ。隠し持っていれば誰にもばれない最強の武器。

表に出せば簡単に盗まれるのが難点だが仕方ない、弱者用の装備は癖があるものだ。

「おっと。これは見覚えがあるぞ」

北方の大河を越えて、カカオらしき果物がもたらされたという記述があった。幸いスケッチが付いている。前の世界の産業資料館で見た果実と似ている。北からというのが怪しいが、無視はできない。俺は期待をもってページをめくった。

「なんだよ、肝心なところで記述がとぎれているじゃないか」

俺は立ち上がって本棚の奥に向かう。確か書庫に同じ作者の本があったはずだ。

書庫の扉を開けると、ほこりっぽい空気が鼻を突いた。明かり取りの窓の光だけの空間は薄暗い。普段から人の出入りのない場所だ。

無秩序に詰め込まれた本棚に目を凝らし、奥へと進む。やっと見つけた一冊の図鑑を確認するため、隅にある明かり取りの窓に向かった。微《かす》かな擦過音が耳をくすぐったのはそのときだった。

足を止め、耳をすませた。まちがいない、ページをめくる音だ。まさかの先客だ。社交解禁日だっていうのに、こんな奥にまで踏み込んで情報収集とは見込みがあるじゃないか。

ぼっちの同志、じゃなくて情けない先輩である俺が初めて人脈を見いだせるかもしれない。俺は期待をもって、でも慎重に光源に近づいていく。その足が再びぴたりと止まった。

薄暗い書庫の中、天窓から降り注ぐ光に浮き上がる美少女。人知れず降臨した天使といっても通用しそうな光景が出現したのだ。

少女は小さなテーブルに一冊の本を広げていた。東屋《あずまや》で見たときと違って、長い青髪は束ねられ肩から前に垂らしている。細くて白い指がゆっくりと紙をめくり、無邪気な瞳を一心に注いでいる。

（なんでここに彼女がいるんだよ）

我に返ると同時に手が震えた。目の前の詩的な光景はとんでもなく危険だ。彼女は俺が今一番会ってはならない相手ではないか。

息を止めたままゆっくりと本棚に右手を置こうとした。だが、焦りと暗さで目測を誤る。古びた革表紙の本を倒してしまった。

「だ、誰ですか？」

ぱたりという音、少女は慌てて本を閉じた。

*

「け、決して怪しいものではございません。王女殿下」

まるで痴漢に間違われたサラリーマンのように両手を上げ、本棚から一歩だけ前に出た。

「……確かリカルドくん、ですよね」

王女は俺を見て胸に手を当ててほっとした顔になった。よくもまあ、ろくに話したことのない平民の名前なんて覚えてたな。人の顔と名前を一致させるのが苦手な俺とは大違いだ。

「お邪魔するつもりはなかったのです。すぐに引き上げますのでどうかご容赦を」

「まあ、邪魔などと。図書館は誰でも使える場所ではありませんか」

柔らかい微笑《ほほえ》みとともに、完全無欠の建て前が述べられた。そういう問題じゃない。こんな人気《ひとけ》のない場所で王女と二人っきりという危機的状況の前に、建て前がどう役に立つ。

ちなみに中庭の東屋も共用施設だが、使う人間と場所は暗黙の了解として決まっている。貴女《あなた》が使っている中央の一番大きいのとかな。

「寛大なお言葉に感謝します」

いや落ち着くんだ。建て前を守ると言っているのだからそれを尊重しないとまずい。ちなみにさっきの言葉は「とっととここから去りたい」って俺の本音だ。

「あっ、ごめんなさい。どうぞ座ってください」

お姫様はテーブルにある空のイスを掌《てのひら》で示した。間抜けな平民は退路を断たれた。まさかの同席だ。いや、東屋ではないから理論上はありではあるんだが、実在はしないシチュエーションじゃなかったのか。

「王女殿下はどうしてこのようなところに?」

俺がそう聞くと、途端に彼女の白皙《はくせき》の頬に朱が差した。まずい、早くも地雷を踏んだ。

「えっと、ですね。実は私はフルシー先生の講義を受けている時間なのです」

「フルシー先生……。確か図書館長の」

一度だけ廊下で見たことのある白い髭《ひげ》の老人を思い出した。王女は背後を振り返った。奥に小さな扉が見えた。頭の中で各部屋の位置関係を思い浮かべる。なるほど、館長室からもこの書庫に通じているのか。

ということはさっきの赤毛の女騎士は、館長室のほうから回って安全確認をしていたのか。

「フルシー先生は研究のご都合があるので、お待ちする間はよくここで読書をしているのです。今はあまりこういう時間が取れないものですから」

恥ずかしそうに説明する。講義というのは巫女姫《みこひめ》としての役割に関わるものらしい。ところがその館長、王女を放り出して自分の研究だという。なんて有望な……、じゃなかった。命知らずなんだ。

「ご心配なく。今日のことは口外いたしません。えっと、そうですね。何しろここは学生なら誰でも使える場所ですから」

学生同士が図書館で会っただけ、そう伝えた。

「ありがとうございます。それでリカルドくんはどうしてここに?」

彼女の目は俺の手にある図鑑に向いた。

「私はこの本を探しに……」

本の表紙を見せた。次の瞬間、著者の由来を思い出して冷や汗が流れた。クアトル・フェルバッハは二十年前に王国に反逆したフェルバッハ公爵の一族なのだ。

反乱勃発時、王都の公園でキノコの調査をしていたところを拘束されたという、間抜けな逸話持ち。その逸話どおり反逆には関与していなかったらしいが、乱後は不遇のまま亡くなったはずだ。

正直、惜しい人材だと言わざるをえないが、問題はそんなことではない。

フェルバッハの乱は安定を誇る王国の大事件。帝国との内通も噂《うわさ》される歴史上の汚点なのだ。連座で潰れた家だけで十や二十ではない。その関係者の本をこっそり書庫に籠もって読む人間が、王族の目にどう映るか。

「我が商会の商品は、西方の気候や植生などと関わっておりまして」

「もしかしたらあの蜂蜜ですか？」

「……はい。もちろんそれだけではなく、西方の動植物が事細かに記されたこの書籍には、参考になる点が多々ありまして」

商会の秘密に繫《つな》がりかねない情報を漏らしたくはないが仕方ない。ビジネスであることを強調するため、あえて素直に褒《ほ》めた。こういうときは真実をそのまま話すのが一番いい。

俺は慎重に彼女の表情をうかがう。

「そうですか。あの蜂蜜は西の産物なのですね……」

王女は嬉《うれ》しそうに微笑んだ。やはりこちらでも女の子は甘いものの話題が良《い》いのだろう。

おかげで俺もやっと緊張が解けてきた。何というか、本当に王女という肩書、そして見た目と違って、素直というかおとなしい性格みたいだな。

それに蜂蜜のことが話題になっているのに、コンペのことに触れもしない。まさか、先日のコンペは本当に同級生同士の喧嘩《けんか》を心配しただけ……。

いや、まだそんなことを判断するような段階ではない。存在自体が政治である王族の感覚は俺とは違うはずだ。それを判断できる技能が俺にあれば、こんな苦労はしていない。

「それで、王女殿下はどのような本を？」

俺は話題を変えた。

「私はこの本です」

王女は栞《しおり》を挟むと、本の表紙を表にして俺に見せた。茶色の革表紙に、日に当たったこともないのではないかという白い手が眩《まぶ》しい。

「『コーンウェル公子の旅』ですか。実は私も読んだことがあります」

「本当ですか」

少女の顔がぱっと輝いた。『コーンウェル公子の旅』は吟遊詩人の書いた旅行記的な恋愛小説だ。公爵公子が詩人に身をやつし、旅をしながら町々のヒロインを助けるという内容。やたらと色っぽい盗賊が出てきたり、食べ物に目がないうっかり者の下男がいたりする。

もちろん主人公は杖《つえ》で戦う元気な老人ではなく、レイピアを帯《は》いたイケメンの貴公子だが。この世界の人間に受ける宣伝方法の参考にと読んだので、姫が期待するような同好の士とは違うのだが。

「舞台が西方ですからね、義父と行商で行った町や村も少しだけ出てきます」

「リカルドくんは西方のことに詳しいのですね。私は王都を出ることが……、出たことがありません。この本の中の『見渡す限り一面の赤紫の花畑』というのは本当なのでしょうか。昔、母から西部にはそういう色の小さな花が咲いていると聞いたことがあります」

目を輝かせて聞いてきた。さすが箱入りだ。王都の庭園に咲く薔薇《ばら》や百合《ゆり》などの派手で大ぶりな品種のほうが野外では例外だ。ちなみに薔薇は青い。

「そうですね、小さな花ですが、中心から端へ向けて白から赤紫へと色が変化しているのは美しいですし、それが見渡す限り地面を覆う光景は見ものではあります」

本の記述にある色と形から、レンゲの花の可能性が高い。生育域は西方の一部に限られる。もちろん現地の村人にとっては珍しくもない花だ。そして、俺にとっては金のなる木ならぬ草だ。

「それはきっと夢のように美しいでしょうね……」

奇跡的に墜落を免れている綱渡りの気分の俺は、王女の表情の変化を観察する。……目を見開いて話に聞き入っている。どうにも調子を崩される。

「花畑とまではいきませんが、ベルトルドまで行けば見られるかもしれません」

「ベルトルドは叔母上の領地です……」

「そ、そうなのですか。それならば機会があるのでは……」

さすが王女だ、親戚も尋常じゃない。ベルトルドは西部では第一の都市だぞ。だが、彼女は寂しそうに微笑んだ。

「務めのある私が王都を離れるのは難しいですね。この学院に通うことも、叔母上のおかげでかなった我《わ》が儘《まま》ですから」

この脳内お花畑の姫様が俺にとって危険な爆弾になっているのは、その叔母上様が原因らしい。

コンコン、コンコン。

俺が顔も知らない大貴族を呪っていると、突然ノックの音がした。館長室に通じるほうのドアからだ。女騎士の鋭い目を思い出して身を硬くするが、ドアが開く様子はない。

「時間のようです」

王女は少し残念そうに言うと、本を手にゆっくりと立ち上がった。

「今日は楽しいお話を聞かせていただきありがとうございました」

衣擦《きぬず》れの音とともにわずかに腰を折り曲げる彼女に、俺も慌てて立ち上がった。ガタッとイスが音を立てた。高貴なる王女と平民の見事な対比だ。だが、彼女は咎《とが》めることもなく、右手を差し出してきた。

「良かったらまたお話を聞かせてください。リカルドくん」

「……光栄でございます」

いやですとは言えない俺は白い手を握った。絹のような感触と温かな体温が掌と意識を侵食する。手が離れ、王女は扉の向こうへと去っていく。その背中を見ながら、掌の温かさが消えていくのをなぜか惜しいと思った。

閉まった扉を恨めしげに見ている自分に気がついた。やっと解放されたのに何やっているんだか。

「住む世界が違う女の子なんか気にしても、採算が取れないぞ」

大体彼女は十六歳の小娘だ。前の世界の年齢で考えると女子高生。一方俺は本当なら教師の年齢だ。そうだな、歳《とし》の離れた兄の娘。俺にとっての姪《めい》があれくらいか。時間軸が同じだったらだけど。

多少は人となりがわかって安心したが、彼女に対する基本的戦略には変わりはない。こちらからはなるべく近づかないことだ。

俺は本を持ってまっとうな出口へ向かった。春休みは学院には入れないから、今日が最後の調査の機会だ。これ以上時間を無駄にできない。

「……しかし恩に着せる気配すらなかったな」

実際には迷惑をかけられたわけだが、正真正銘の小心者としては、逆に居心地の悪さを感じるくらいだった。いや、まだ楽観するまい。少なくともミーアからの情報を待って判断だ。

それにしても、まさか王女様と野草の話で盛り上がるとはな。向こうじゃ何の変哲もない、村の子供たちが首飾りにする程度の花なんだけど。

第3話

災厄の予言

「おっと」

後ろから追い抜こうとした男とぶつかりそうになって、俺は慌てて避《よ》けた。

「人通りがすごいな」

「年に一度の祭典ですから」

春休みになり、俺とミーアは溜《た》まった商会の仕事を消化する毎日。今日、その合間を縫って大っ嫌いな人混みの中、王都の中央通りを歩いているのには理由がある。

「その祭典の主役が、あの王女様というわけか」

「今年の予言を発表するのが巫女姫《みこひめ》の役割ですから」

「予言なあ……」

非現実的な言葉にため息をつきそうになる。

「先輩」

「わかっている。誰が聞いているかわからないし。情報は必要だ」

大通りの向こうに、王宮が見えてきた。

普段は固く閉じられている門が開かれている。もちろん、開かれた王室を目指して中を観光させてやるというわけではない。

門の前は多くの兵士が警備し、その背後に見える王宮の前庭には立派な鎧《よろい》を着た騎士たちが立っている。白銀の鎧は微《かす》かに光のようなものを帯びている。厳戒態勢だな。

前庭には中央に円形の祭壇、それに隣接するように階段席が設けられている。階段席の一番下、要は地面に豪華な服装の男たちが並び始めている。名誉貴族、各種ギルドの代表だ。

「ドレファノ……」

なんちゃって貴族たちの中央に恰幅《かっぷく》の良《い》い男を認めた俺は、顔をしかめた。息子と違って奴《やつ》は俺にとっては明白に敵だ。

「いた、ミーア早くこっちに……げっ、ヴィンダー」

聞いたことのある少女の声が近づいてきた。オレンジのサイドテールを白い卵形のバレッタで束ねた女の子は、ミーアの横にいる俺を見て渋い顔になった。名前は確かリルカだったか。彼女の横には緑髪でそばかすの女の子、図書館前で俺とドレファノやロワンとのやりとりを目を皿のようにして見ていた女生徒、がいる。

両人とも王都の中堅商会、いわゆる銀商会の娘だったはずだ。ちなみにウチは銅商会。ドレファノはもちろん金だ。

平民基準でいえば十分お金持ちのお嬢様だが気さくな娘だ。ミーアにはだけど。彼女にとって俺はドレファノに逆らう身の程知らずで、その余波でミーアも危険にさらすダメ男だ。

「行ってやれよ」

俺はミーアを促した。ミーアの味方でいてくれるなら、俺を嫌っていることなど些細《ささい》な問題だ。

ミーアは少し心配そうに俺を見るが、友人に手を引かれて離れていった。ちなみに、銅の蜜の見込み顧客は彼女たちの親くらいの層だ。

中堅商会あたりが取り入れて新しい商品を作ってくれれば、これまでにない市場ができる。

「もっとも、そういうことをするためにはアレが邪魔だけどな」

姦《かしま》しい少女たちが去った後、俺は改めて前庭を見た。

この国、クラウンハイト王国は豊かな農業国だ。安定した気候と平坦《へいたん》な国土。最後の対外戦争は約四十年前。記録を見ても地震や洪水などの大規模な災害は起こっていない。さらにここ十年は豊作続き。

周りの庶民たちの顔は明るい。一番大切な食料と安全が確保されているのだから、これは道理だ。

だが、俺の感覚は違う。これだけの好条件が揃《そろ》っていて、いわゆる経済成長の兆しも見えないのはもったいないのだ。レイリアなど農村を見る限り、ほんのわずかだが農業の生産性は上がっている。いわばゴールデンタイムが来ているのだ。いつまでも続く保証はなく、放っておけば腐ってしまう歴史的チャンスだ。

理由として考えられるのは、目の前に視覚化されているこの国の硬直した体制だ。

政治、軍事的権力を独占する王族と貴族。そのほとんどが農業に従事する平民。これが基本構造だ。身分は固定といってよく、各身分内すら細かな序列がある。例えば商会を金銀銅に分けるようにだ。

極度に安定を重視した仕組みだ。

いや、統治が安定しているのは良いのだ。

元日本人としてはどうしても感覚が鈍るが、秩序が守られているというのは決して当たり前ではない。あれだけの科学技術――特に統治効率と範囲に影響の大きい情報伝達技術を使用できても最低限の秩序すら成し遂げられない国はいくらでもあった。

こちらの世界は知識も技術も人伝《ひとづて》であり、情報の伝達速度は絶望的に遅い。地縁血縁重視はある程度仕方ないのだ。豊かといっても、ちょっと失敗しただけで飢えかねない余裕のなさを考えれば、そうそうリスクはとれないだろう。

つまり、政治や生産という分野は安定してもらわないと困る。すべてが実力主義なんて最悪だ。江戸時代に将軍の代替わりごとに関ヶ原《せきはら》をやったらどうなるかって話だ。

だが、だからこそ商業活動だけはもう少し柔軟であっても良いはずだ。商人とはリスクをとるのが役目だからだ。

生産者と消費者を繋《つな》ぎ安定的な値段と供給を実現する。例えば、在庫というリスクでバッファーの役目を果たす。さらにいえば、需要と供給の間の情報経路という機能を活用して、新しい商品や市場を開拓する。それ自体の価値はもちろんだが、富の流れの多角化もまた安定を生む。

そうやって増えた安定が、社会全体に変化と成長のための余裕を生む。これが経済成長だ。

つまり、安定のためにリスクをとるのが商人の役割だ。そうでなければ、何も作らない商人が下手したら小領主以上の富を得る理由がない。

ただし、商人がリスクを引き受けるためには、柔軟に動くための行動の自由と、迅速な情報の流れが必要だ。だが、そういったすべてを前例と序列を保つために邪魔する存在がある。

泣けてくることに、商人の互助会たるべき商業ギルド、各種業界団体だ。

高価な生地の衣服を着こなす各ギルド代表をもう一度見る。食料、馬車、商隊団。前の世界なら食品、輸送機器、運送を代表する大企業だ。ＣＥＯたちの襟を立てた服装はまるで貴族だ。

一代限りの名誉爵位。任命するのは王で、各ギルドに利権を持つ大貴族の推薦者が必要。商会が代替わりすると、息子に新しく与えられることが多いのでほぼ世襲だ。

本来ならば名誉爵位は、平民である商人と政治権力の意思疎通を促進するための仕組みだったはずだ。

だがそれが長年続くと、商業の縦割り行政を各業界のトップ企業が差配する悪夢のような状態が生じる。各業界のトップ企業が集まって公正取引委員会を運営するようなものだ。

下段の中央、ドレファノの太鼓腹を俺は睨《にら》んだ。政治権力への伝《つて》があるなら、それこそ政治と生産の間に立ってリスクをとってみせろと言いたい。それで儲《もう》けるなら全体のパイが増えるだろう。それが無理なら、何もしなくてもいいからせめて邪魔はするな。間違っても立場を使って小商会を抑制するんじゃない。

大げさにいえば彼は俺の不俱戴天《ふぐたいてん》の敵といってよい。この場合の不俱戴天はそれほど憎いという意味ではない。もっと深刻だ。彼にとって望ましい現在の『天』、つまり環境では俺の存在が難しく、俺の望むような環境に彼の居場所はない。

ぶっちゃけ彼が間違っているとは言わない。安定を望むのは生物の基本だし、彼の立場では彼の行為は当たり前なのだろう。ただ、俺の目的も悪ではない。俺は俺にとって当たり前のことをするだけ。

今言っても負け犬の遠吠《とおぼ》えにすぎないが、将来的にはこの国の商業体制を俺好みに変えてやるつもりだ。イメージしているのは前の世界の総合商社的存在の設立だ。

目の前の大商人たちはいわば専業商社である。業界ごとに人、物、金を制御することで安定させるが、広い意味での交流を阻害する。なら、俺は業界を跨《また》いだ人、物、金の交流を促進すればいい。

総合商社はそのための触媒というわけだ。これができれば、商業活動を通じた経済成長のためのエンジンになる。もちろん、こちらで地球の総合商社そのものを作るのは無理だ。あくまで〝この社会と環境〟における同じような〝機能〟を果たす存在を作り出すということ。正直いえば、明確な形はまだ見えていない。

ちなみに、ミーアにこの大まかなイメージを説明したら「なるほど、国を一つ作るんですね」と言われた。とんでもないことを言う。確かに前の世界の総合商社は経済規模で下手な国を超えたりしていたが。政治なんてややこしいものには可能な限り関わりたくない。

そういうのは……。

階段の部分が埋まり始める。もちろん下からだ。やがて最上段一つ下まで席が埋まった。なんちゃってではない貴族様たちだ。

中央に老人、その左右に女性と五十代半ばくらいの男が立った。あそこに立てるのは当主だけ。女性が当主とは珍しい。しかも、高さからいって貴族の最上位だ。もしかして、あれが王女の言っていた叔母、ベルトルド大公か。

とすると中央の老人は宰相のグリニシアス公爵。反対側の男は東の大都市クルトハイトの大公だな。西と東、あんまり仲が良くないらしいのは俺にも聞こえてくる。

臣下が揃ったところで、最上段にきらびやかな一家が登場した。中央に金の王冠をかぶり、大きな紅玉の付いた杖《つえ》を持った王。王の左右に王子らしき若い成人男性が並ぶ。あれ？　王のすぐ左が空いているな。確か左のほうが偉いから、あそこは後継者、王太子のはずだが。

右に細身の法服の青年。左一つ空けて、軍装で筋肉質の青年。王族にしか許されない青い薔薇《ばら》の紋章を付けている以外は、対照的な二人だ。

「で、あの王女様はどこだ？」

俺は同級生の姿を探した。王族男性から少し離れたところに、豪奢なドレスの王妃と王女が三人並ぶが、その中にはいない。

俺がきょろきょろしているうちに、祭典が始まった。

最上段の王が円筒形に丸めた紙を手にとり、下の段の宰相に渡した。両手でそれを押し頂いた宰相がこちらに向けて紙を広げた。もちろん文字なんて見えない。

「王国の民たちよ」と宰相の読み上げが始まった。老人の声は通りが良く、魔術器らしきもので拡大されて俺たちの耳に届く。内容はおもしろみの欠片《かけら》もない。要するに「去年は神の祝福で豊作でした」ってだけだ。正確には東方は豊作で、西方はちょっと良かった程度だけどな。

前庭の貴族たちは、ドレファノも含め全身を耳にしたように神妙に聞いているが、城門の外では反応が薄い。

俺はあくびをこらえながら、視線を左右に動かした。お目当ての王女様はいまだ現れない。待てよ、祭壇のほうにイスが運び込まれている。簡素な木のイスだ。

宰相の読み上げが終わると、祭壇に神官衣の女の子が一人で現れた。飾り一つない紫の法衣は、宝石と刺繍《ししゅう》できらびやかに覆われた向かいの階段席と比べて、あからさまに地味だ。

だが、それが却《かえ》って少女の清楚《せいそ》な美しさを引き立てている。

遠目にもつややかな青銀の髪。わずかに幼さを残しながら整った顔立ち。凹凸の主張は乏しいがスラリとした身体《からだ》の線。聖女というタイトルの等身大フィギュアのような、いやそれ以上の美少女だ。ドレスで着飾った第二だか、第三だかの王女たちより間違いなくずっと可愛《かわい》い。

服装やイスの質素さは、形だけでも聖職者ということだろう。祭壇の下に控えている他の神官たちの衣はいろいろ派手だが、王族だからこその建て前かな。

さて、やっと俺の本命の登場だが、彼女は何をするのかというと。

「巫女姫アルフィーナ様より、本年の予言が告げられる」

宰相の声に、アルフィーナが立ち上がった。

「今年も大地はあまたの恵みを我々にもたらすでしょう。特に西方では……」

透き通る少女の声が会場に響く。民衆の視線が十六歳の女の子に集中した。ひな壇のお偉方よりも民衆は素直だ。宰相よりもずっと注目を集めている。

同じ茶番でも配役が美少女だと絵になるものだ。実際、予言とは茶番の極みじゃないか。この世界には魔力という地球にはない〝物理法則〟があるから完全に否定はできないが、目の前のこれは単なる儀式だろう。

調べた限り、先ほどの〝お言葉〟と同じで毎年ほとんど変わらないのだ。内容は農業国の国情に合わせて作柄が中心になる。それも、安定したこの国の天候を反映して毎年代わり映えしない。王のお言葉が「去年はいい年だった」だとしたら、予言は「今年もいい年になります」というだけ。

というか、もし本当に予言なら公表できるわけがない。国が滅びるとか戦争が起こるとか出たらどうするんだという話。誰でもわかる。

実際、巫女役のアルフィーナの美しさに見とれている民衆とは対照的に、前庭には先ほどの緊張感はない。ドレファノも形だけ聞いている感じだ。

俺も向こうもこんなものを参考に商売することはない。大事なのは実際のデータだからな。予言が本当なら、降雨量や収穫との統計解析をさせてくれ。

「東方でも……」

巫女姫役の同級生の、ありがたくも予言らしく曖昧な言葉は続く。要するに東方は例年どおりの収穫、西方はやや豊作ということだ。

もちろん、民衆は雰囲気を盛り上げていく。めでたい祭典の日に高貴な美少女が告げる明るい未来だ。俺だって、商売じゃなければさっきみたいな空気読めないことは考えない。お役目ご苦労様と思うだろう。

問題なく明るい年の希望を持たせ、巫女姫役の同級生は口を閉じた。お仕事は終わりみたいだな。

民衆が歓声を上げるために身構える。行事が終わり、城門が閉じれば民衆は遠慮なく祭典を楽しむことができる。王宮から振る舞われる御神酒《おみき》を手に、街に繰り出すのだ。

俺も拍手の一つもしないとな。余計なお世話だとしても、彼女がウチの蜂蜜を褒《ほ》めてくれたのは確かだ。こちらも彼女の仕事を褒めるくらいはしてもいい。有益な情報が得られなかったのは、まあ想定の範囲だ。

俺が両手を構えたとき、巫女姫は心持ち下げていた瞳をまっすぐ前に向けた。さっきまでの聖女然とした神秘的な、悪く言えば作ったような雰囲気が崩れている。

彼女は一歩前に進んだ。ぎゅっと一度目を閉じて、それが再び開いたとき……。

「聞いてください」

先ほどまでの澄んだ声音とは違う、少女の必死な声が会場に響いた。

「水晶はもう一つの未来も告げています。……今年、西方より大いなる災厄が王国を襲うでしょう」

民衆が戸惑ったように左右を見た。中には先走って拍手をしてしまい、気まずそうに手を止める者もいる。

「おいおい、大丈夫か」

空気を読めない俺にも場の雰囲気が固まる音が聞こえた。ひな壇の貴顕たちは明らかに動揺している。引きつった顔をした貴族たち。法服の王子と三番目の王女は苦々しげにアルフィーナを睨んでいる。

王はさすがにどっしりと構えるが、さっきまでの笑顔が能面のようになっている。

宗教的意味があろうと、いやだからこそ公式に発せられる言葉が事前にチェックされないはずがない。

つまり、彼女の発言はこの国家行事の進行予定どおりではないということだ。手の届かないところにいる同級生は、祈るように両手を胸の前で握って集まる視線に耐えている。

自らの言葉が真実であると無言で主張するような姿だが……。

「災厄ってなんだ」「西方って……」民衆のざわめきが大きくなっていく。そう、逆効果だ。何しろ、彼女が告げたのは具体性ゼロの不吉な未来だ。情報公開の仕方としては最悪といっていい。

最初から茶番と思っている俺と違って、迷信深い大衆にこれはまずい。このままだと、騒ぎはどんどん大きくなるぞ。

着飾った鎧の儀仗兵《ぎじょうへい》がアルフィーナに近づいていく。宰相が立ち上がる。その横の女大公がアルフィーナのほうに向かう。抗《あらが》うような仕草を見せた少女は、女性が何か声をかけるとあきらめたように肩を落とした。

「仮に災厄が訪れようと、王国はそれに打ち勝ち、平和と繁栄を守るであろう。これまでのように」

宰相の発言に、ひな壇の人間が一斉に大きな拍手を始めた。壇の周りの騎士たちから「王国バンザイ」という声が上がる。

遅れて城門前の民衆からパラパラと拍手が起こり始めた。王宮内から振る舞いの酒瓶が運び出される。歓声が上がり、吹っ切れたように拍手が大きくなっていく。

俺は図書館での彼女の姿を思い出した。上品で穏やか、王族とは思えないほど控えめな態度。こんなスタンドプレーをするタイプには見えなかったが……。

いや、考えてみればあのコンペはスタンドプレーといえばそうか。なぜあんなことをしたのかまったくわからないが、彼女の内面なんて俺に何がわかろう。大事なのは表に現れた行動だ。

「やっぱり危険な相手ってことか」

酒に群がっていく民衆に背を向けてため息をついた。

王国の西端に生産地を持つ俺には「西方」という言葉は気になるが、根拠ゼロの予言なんて相手にしても仕方ない。

「とにかく距離をとろう」

ただでさえ俺なんて簡単に吹き飛ばされるボラティリティーだ。それがさらに危険性を増したのだから。

一度だけ振り返った。やっかい事を封じ込めるように閉じていく王宮の門、その最後の隙間から肩を落とした少女が女大公に付き添われて祭壇を降りるのが見えた。

第4話

栞《しおり》

「そういえば、友人に聞いたんですけど……」

「お、おお。な、何かな」

中庭に面したベンチ。春のお日様を浴びている俺は、ミーアの質問にぎこちなく笑った。

「……ケンドールはドレファノと第二騎士団の関係について本格的に警戒を始めたようです」

「まあ、当人たちの口から直接聞けばそうなるよな」

「先輩」

ミーアの声が低くなった。図書館前の俺の危ない橋を知っているのだろう。

「……まあ、そのな。採算は取れただろ」

食料ギルドの第三位となれば、一位としても油断はできないだろう。

俺が直接けしかけたんじゃないからな。というか、もし俺がドレファノの疑惑を直接告げても、向こうは簡単には動かなかっただろう。

敵の敵は敵の敵にすぎない。味方ではない、特に共通の敵が巨大な場合はだ。弱者が協力し合うのはその言葉の美しさに比して困難なのだ。というか、美しいものって大抵がそうだろ。

「……」

「それよりもだ。アレはどういうことだ？」

俺も声を落とした。横目で中庭に並ぶ東屋《あずまや》の中央、一番大きな建物を見る。あのコンペで俺が仰ぎ見ていた場所だ。

春の祭典が終わり、学院が再開してから一週間、一度も登校していなかった同級生の様子をうかがう。視界の端に捉えた東屋の中には、青銀の髪のお姫様が一人ぽつんと座り、入り口には肩を怒らせた赤いポニーテールの女生徒が立っている。

東屋に学生が入る。アルフィーナが穏やかな顔でうなずき、クラウディアが怒りを露わにする。

「……また断りか」

使者を押し付けられた学生が逃げるように去っていくのを見ながら、抑えているつもりの声が尖った。

「これだけ綺麗に手のひらを返されてるのはおかしくないか？」

ドレファノの妨害で態度を一変させた取引先を思い出し、思わず手に力が籠もった。

「新学期になって〝予言〟を話題にする学生が皆無だったことは先輩も気がついていましたよね」

「ああ……」

確かに、学生たちは予言の予の字も口にしなかった。いつもどおりの学院に拍子抜けしたくらいだが、なるほど、水面下の光景は随分違ったわけだ。

「聖堂の仕事などで、もともと派閥的な活動とは無縁の方《かた》です。茶会を主催することも月に一度あるか程度でした。ただ、これまでなら後見人のベルトルド大公への義理その他で参加していた者が

四、五人はいたのですが」
「あれで逃げたと」

「王家から一人出さなければいけない巫女姫《みこひめ》ですが、古《いにしえ》から伝わる魔術器であるクゥエルの水晶を光らせる資質が王家の血に限られるため、一度任じられれば二十年は引退できません」

「そりゃたまらないな。結婚もできない」

大昔の日本にあった斎宮《さいぐう》に近いのだろうか。この国の女性の結婚は多くが十六から二十歳に行われる。寿命と医療水準からくる必然だ。

「あの方がクラウンハイトを名乗るのは二年前からのようです」

「つまり、養女ってことか……」

「王位継承権がないので正確には猶子《ゆうし》ですね。父は現王の弟に当たる故ベルトルド大公ですから王にとっては姪《めい》ということになります」

「父親は王族か。となると……」

「はい、母親がフェルバッハ公爵家の出でした」

「反乱を起こしたフェルバッハか⁉」

「反乱鎮圧直前に自殺した公爵の孫娘ですね。そちらからいえば、あの方は曾孫《ひまご》ということです。結婚後数年で父親は妹である現ベルトルド大公に位を譲って隠居。五年前に病死しています。母親も三年前に病死です」

それはなんとも複雑な感じだな。個々の事件にも時間の開きがある。フェルバッハ関係者をどう扱うかについて、王宮内で対立が長引いていた、そんな感じか。

「でもそれなら反逆者の血筋がどうして王族に復帰する……。ああ、なるほどそうか」

「はい、誰もやりたがらない巫女姫にするためでしょう」

「つまり、予言云々《うんぬん》の前から体《てい》のいい出家だったってことか」

日本の歴史でも、反逆者の一族が出家させられるのは珍しくなかった。寺に押しこめ、聖職者は結婚しないから血筋も断てる。

「実際、王女に与えられる化粧料などもありません。建て前としては聖職者がそのようなものを持つことはない、ですが。先代の巫女姫の場合は……」

「思った以上の冷遇ぶりだな。反乱からもう二十年だから、お姫様は生まれてもいないだろうに。しかも、母親だって公式に罰せられたわけじゃないんだよな」

ちょっと違和感がある。そこまでの事情があれば、無関心の俺にだって噂《うわさ》の一つくらい聞こえてきてもいいのに。

いや、あの図書館前のロワンの態度といい、実際にはアンタッチャブルだったということかもしれない。それが、今回のことで表に出た。

「どうしますか？」

ミーアの言葉に、握りこんでいた拳を開いた。今の説明なら、彼女の影響力は皆無どころかマイナスだ。彼女に逆ブランド戦略を脅かされる可能性は完全に消えた。

なら、あとは俺が近づかなければ解決する。あれほど大きいと思った問題が、放っておくだけで片づくなんて幸運といってよい。

冷静に考えれば、目の前の光景は俺にとっては実に望ましい。懐にしまった紙包みの感触を意識から遠ざけようとした。

「近づくのは危険と思われますが」

「心配しなくても、今そう判断したところだ」

書庫で偶然会ったことはミーアにも伝えてある。最初からそんな気はなかったが、庇護《ひご》どころか王家に睨《にら》まれる完全な地雷だ。

「でも、じゃあそんなきつい立場でなんでまた、あんな真似《まね》をしたんだ……」

姫と女騎士だけの東屋、それを避けるように歩く貴族学生たち。近づくことすら憚《はばか》る平民学生。華やかに見える放課後の中庭で、中央の東屋の周りだけが空白だ。

薄暗い書庫の明かり取りの窓の下、野花の話に顔をほころばせていた同級生の顔が蘇《よみがえ》った。あのとき言っていた母親は生母のほうだろうな。

そして、彼女は学院に通えることを喜んでいるように見えた。平民学生同士の諍《いさか》いにおかしな同情心を発揮する程度には……。

そんな環境じゃいろいろずれたことにもなるか。あのコンペ騒ぎも恩に着せるつもりなんて最初からなかったってことか。

「仕方ない。せっかく用意した物だからな……」

「先輩？」

ミーアの訝《いぶか》しげな視線を背に立ち上がった。懐から小さな紙包みを取り出し、ゆっくりと人気《ひとけ》のない東屋に近づく。

あのとき、彼女には俺の仕事を、ウチの商品をかばってもらった。それが純粋に親切だったというのなら、親切に返礼しておく。借りを返しておかないと精神的負担があるからな。

王女殿下相手となれば本来しゃれにならない財政的負担を伴うが、今ならこの「つまらないもの」で解消できる。商人としてはこんな商機は逃せないだろ。

「何の用だ」

入り口前で立ち止まると、顔をこわばらせたクラウディアが出てきた。俺の顔を確認するなり苛《いら》立《だ》ちを隠さない声をぶつけてきた。

「先日のお礼に王女殿下に持参したものがあるのですが、お渡しいただけますか」

「先日……。ああ、あの蜂蜜のか、お前……」

険しい表情が「前回の忠告を忘れたのか」と言っている。問答無用に排除されるかと思ったが、気の強そうな顔に迷いが出た。主《あるじ》の不遇に参っているのかもしれないな。職務に忠実そうだからな。

「その声は、リカルドくんですか？　もし、よろしければ入ってください。お茶もお菓子も余っているのです」

「殿下。このようなときだからこそ平民などを軽々しく近づけられてはなりません」

本来の自分の任を思い出したように、クラウディアが両手を広げて入り口をふさいだ。落ち目の状況で平民学生を新たに近づける、零落を印象づけるようなものだ。

「いえ、私はこれを持参しただけでございますので」

深入りするつもりはない。そんな余裕も理由もこちらにはないのだから。

入り口まで出てきた王女に紙包みを差し出した。クラウディアが俺の手から包みをつかみとると中を検《あらた》める。顔をしかめるが、しぶしぶといった体で主に渡した。

包みの中身は長方形の紙切れだ。ただし、その表面に辺境の村の土産が貼り付けられている。何か察したのだろう、姫の顔が明るくなった。

「白から赤紫へ流れる色合いが本当に綺麗ですね。これがレンゲの花ですね」

「はい。押し花ですが色合いと形は保たれております」

「このような花が一面に咲き誇るのですね」

栞を胸に抱くようにして、笑顔を浮かべるアルフィーナ。その笑顔に思わず頬が緩んだ。

「野草を貼り付けた紙切れが礼とは、殿下を愚弄しているのではあるまいな」

クラウディアはますます厳しい顔になっている。

「クラウ。レンゲの花を見てみたいと言ったのは私なのです」

「しかし、王家への献上ならば花は薔薇《ばら》を用いるのが格式……」

「私は聖堂に入った身ですよ」

「しかし、このようなときに近づいてくるのはあまりに……。そもそも、そのような話をいつなさったのですか……」

護衛の警戒心が上昇していく。クラウディアだけではない。周囲に目をやると、遠目にこちらをうかがっている人間が増えてきた。

「わずかでもお役に立てて光栄でございます。それではこれで失礼します」

「はい、ありがとうございましたリカルドくん。栞は大切に使わせて……」

今回は素直に解放してくれそうだった。だが、彼女はもう一度栞に目を落とすと言葉を止めた。

その表情が驚きに染まっていく。

「リカルドくん。この栞の花が野一面に咲く、そういった光景が西方では見られるのですよね」

「はい。西方でもさらに西の一部ですが。それが……」

さっきまでほころんでいた顔に憂いが戻っている。何かまずったか。上に付けた紐《ひも》の色が嫌いとか……。

「……いえ。心から御礼《おんれい》を申し上げます。早速今日から使わせていただきますね」

だが彼女は次の瞬間笑顔を取り戻していた。礼の言葉が大げさになっている。それに、今日からってわざわざ付け加えた?

「光栄にございます」

クラウディアは限界が近そうだ。俺は改めて一礼して背を向けた。校舎沿いのベンチからこちらに近づいてくるミーアが見える。多分ため息をついている。

「クラウ。今日はここにいても意味はないでしょう。時間があるのですからフルシー先生のところに参ります」

「わかりました」

俺がミーアと合流しようとしたとき、後ろから主従のやり取りが聞こえてきた。思わず止まりそうになった足を無理やり動かす。平静を装って中庭を離れ、校舎に入った。そして廊下の向こうを見る。

「今から図書館ですか？　今日の予定では……」

＊

「あ、ああ、ちょっと確認しておきたいことができてな」

図書館に入ると閲覧室には二人の学生がいた。そのうちの一人がミーアに気がついて小さく手を振った。俺がうなずくと、何か言いたそうな顔のままミーアはそちらに向かった。

俺は本棚の奥、書庫の入り口に向かった。

放課後、人気のない場所に同級生女子に呼び出される。元の世界では一度としてなかったシチュエーションだ。いや、自意識過剰にもほどがあるか。相手は仮にも王女。まさかあんな安いプレゼントでどうこうなるほどチョロくないだろう。

だが、あの栞を見つめる瞳。今日から使わせてもらうという言葉。計ったようなタイミングで俺にだけ理解できる情報を流したこと……。

「万が一ってこともあるし。下手な恨みを買うのは一番危険だからな……」

そうつぶやいて、ゆっくりと書庫の扉を開いた。薄暗い書庫の中、奥にある光の方向に向かう。隙間なく詰め込まれた本棚の向こうに、前と同じようにイスが見えた。そして、イスの前には、一人の女生徒が立っていた。

「良かった。来てくれたのですね」

彼女は俺を確認すると、胸に手を当てて大きく息を吐いた。

勘違いではなかった。だが、自意識過剰にはなるまい。一体何の用事だ。今の彼女の状況で俺を味方につけても誤差、いや逆効果なはずだ。

「このお花のことでお聞きしたいことがあります」

俺の表情にかまわず、彼女は言った。その手には先ほど献じたばかりの栞が握られている。どうやらよほど切羽詰まっているらしい。

困惑を表情に乗せたまま首を傾《かし》げた。彼女は確かにレンゲに興味を持っていた。だが、それは漠然とした外への、そして母親の故郷への憧れのようなものだと考えていたのだが。

あの花におかしな花言葉——愛を誓う的な——がある可能性を考え首を振った。真剣そのものの彼女の顔にはそういった色はない。先ほどの東屋で一瞬だけ垣間見《かいまみ》えた表情、憂いがはっきりとその美貌を覆っている。

自分が何に巻き込まれているのか不安でたまらなくなる。

「私には見えたのです。この花を踏みしだいて逃げる人々の姿が」

立ち止まった俺に孤立した王女は言葉を加えた。俺はますます混乱した。逃げる人々？　一体何の話だ??

第5話

一次情報は大切だ

「私には見えたのです。この花を踏みしだいて逃げる人々の姿が」

俺の贈り物を手にした少女は必死に訴えてきた。さっきから情報が増えているのに何もわからない。間違っても甘い話ではないことだけは伝わってくるのだが。

「申し訳ありません。私には王女殿下のおっしゃっている意味がよくわからないのです」

「えっ⁉　あの、ですから……」

アルフィーナは明らかに狼狽した顔になる。俺たちは互いの困惑を瞳に映しあった。

「あの、私に災厄のことについて教えてくださるのではないのですか？」

「災厄、ですか？」

唐突に飛び出した『災厄』という単語に、俺の混乱と不安はますます深まる。

いや待て。災厄という言葉は最近聞いたぞ。しかも、彼女の口からだ。そうだ、予言の災厄だ。巫女姫《みこひめ》である彼女が口にしている以上、春の祭典の予言の災厄に違いない。

ならなんで俺に話が来る。宗教儀式に関する俺の知識などこの世界の一般人以下だ。予言だって正月のおみくじくらいにしか思っていないのだ。

おみくじに『大凶：大きな災害が起こります』って書いてあったとしてどうしろというんだ？

「申し訳ありません。私にはやはりお役に立てるような心あたりがないのですが」

「でもこの栞《しおり》の花は！」

彼女は俺に栞を差し出した。孤立しても穏やかだった中庭の王女ではない。頼りない明かりの下、すがるような目で俺を見る少女が目の前にいる。心の中で鳴り響く警報がますます強くなる。

気がついたら奈落にかかる細い綱の上に足を乗せていた、そんな錯覚に襲われる。

右も左も危険。逃げるにしろ進むにしろ、一歩動き出す前に十分な確認が必要な状況だ。

「災厄、というのは春の祭典で殿下が発表された予言の災厄でしょうか」

「は、はい、そうです」

「栞の花というのは栞の押し花のことですね」

「はい」

大前提を二つ確認完了。

「あの花が、予言に関わるとおっしゃるのですか？」

「はい。ですから、あの、私に対する合図ではないかと……思ったのですが……」

声が小さくなった。やっと意思疎通がうまくいっていないことに気がついたらしい。

「いえ、私は殿下がレンゲの花にご興味をお持ちのようだったので、先日のお礼にと。今年の開花はまだですが、取引先の村で作られた押し花が手元にあったものですから」

村の子供たちが蜂蜜と一緒に送ってくれた花を、栞に仕立てただけだ。

「……でも、それでしたら、今の状況の私に近づくのは……」

「殿下にはドレファノからかばっていただきました。あの状況の私に手を差し伸べる利益が殿下にあったでしょうか」

必殺、お互い様だからなあなあで済まそうぜ、だ。実際に俺の思惑の大部分は、セレブに作ってしまった借りの解消だからな、何も間違っていない。

「で、では、ただ私を慰めようと……」

アルフィーナは泣き笑いのような表情になった。ぐっ、おかしな方向に話が転がった。どう答えればいいんだ。

「先輩、これは？」

固まった俺たちに、三つ目の声が響いた。慌てて振り返ると、そこには冷たい目で俺を見るミーアがいた。

どうやら閲覧室での友人との交流は終わったらしい。ドレファノとケンドールのことが気になるけど、それを聞ける雰囲気じゃないな。

*

「それではアルフィーナ様が先輩を逢引《あいびき》に呼び出されたわけではないと」

「ミーア。殿下は巫女姫としてのお役目のためにだな……」

俺の説明を聴き終えて、ミーアは言った。真っ赤になってしまった王女に代わって、俺は両手を振って弁明を試みた。ミーアの視線が突き刺さる。弁護人に対する検事のではなく、被告人に対するものだ。

「では先輩は何を期待してアルフィーナ様のお誘いに応じたのでしょうか」

「い、いや、それはだな……」

冷や汗が背中を流れる。ミーアだってもし「お姫様に秘密裏に呼び出されたから行ってくる」なんて言ったら、俺が正気を失ったと思うだろ。

ちなみにそのお姫様は、やっと自分が傍目《はため》にどう見えるかに気がついておろおろしている。ほら、言わずに良かった。自意識過剰の勘違い野郎になるところだったじゃないか。

「先輩が不用意に贈った栞がアルフィーナ様のお役目に関わるということでしたが」

俺たちを交互に見てため息をついた後、ミーアは本題に戻った。

「私の、巫女としての役割はクゥエルの水晶に映った予言を読み取ることです」

予言を映し出すというクゥエルの水晶。複数の層を持つ透明な球体らしい。それが、予言を告げるときは予兆として弱い光を放つようになる。内側の層からだんだん光が広がるらしい。

それを聞いても凝ったインテリアだなという感想しか浮かばない俺に、彼女は真剣な顔で説明を続ける。巫女姫に選ばれた者は、予兆が現れると聖堂の一室に一人で籠もる。予言の間と呼ばれるその場所で、水晶に近づくと頭の中に漠然とした像が浮かぶのだという。

「最初に見えたのは、豊かに実る麦の畑でした」

未来像は何日も掛けて徐々に明確になっていき、最後に見えたイメージを予言として報告する。

だが、今回はそのイメージが変容していったのだという。

「最後に見えたのは、その光景の中を必死に逃げる人々の姿だったのです。踏み散らされた赤紫の小さな花が舞っていました」

慌てていたことを反省したのか、アルフィーナの説明は丁寧でわかりやすい。

そんな真剣な彼女の説明を、俺は眉につばを付けながら聞いていた。この時点でいろいろ問題がある。

彼女の説明では、予言のイメージが途中から変化するというのは当たり前ではない。先代までの巫女姫は春の祭典の前の一回しか予言の間に入っていないようだ。だが、アルフィーナが言うには予言に至らない弱い反応は、この一年に何度かあったという。それは彼女がお役目という理由で、学院にあまり来なかったことと繋《つな》がる。

つまり、目の前にいる当代の巫女姫は、これまでの巫女姫とは違うことをしている。

好意的に考えると、これまでの予言はただの儀式だけど、今回は本物。

目の前の少女は自分の立場が危うくなることを承知で口を開いた。誰にも望まれない、押し付けられた役割を果たすために巨大なリスクをとったのだ。

少なくとも自分が真実だと思っていることを口にしている。そう信じ……判断したとしよう。だが、イメージが見えるのは巫女姫一人だけ。それも脳内だ。しかも説明を聞けば、そのイメージも災厄そのものを直接は映してくれず、西方というのも大まかな方向として感じるだけのようだ。予言らしい絶妙な残念さ加減だ。まったくもって客観性がない。

例えばその水晶に、使用者の妄想とまでいわずとも、想像力を強化する効果があるとか。未来を見せるよりも、遥《はる》かに簡単なメカニズムで実現できそうだ。魔力なんてものがない地球でも、薬品なんかで刺激してやればおそらく可能。

王宮の巫女姫への扱いを見る限り、これに近いことを考えているのではないか。

「陛下も宰相も最後に見えたものは告げる必要がないと、そう言われました」

王女は悲しそうに付け加えた。ミーアが俺を見る。わかっている。やはり国の意向に逆らって予言を公表したのだ。これに関わるには相応の、いやとんでもないリスクがある。すぐにでもここから立ち去りたいくらいだ。だが、それができない理由がある。

俺はまだ向こうの常識が染みついている。予言なんて信じられないという自分の感覚を信じるのは危険だ。俺には欠片《かけら》も資質がないが、魔力という力は存在し、それを扱える人間はいるのだ。自分にとっての未知と接している以上、慎重に行こう。何より……。

「最後に見えたのが『赤紫の花を踏みしだき逃げる大勢の村人の姿』ですか」

俺は最後に確認した。ヴィンダー商会の利害に大きく関わる確認だ。

万が一だが、予言が本当だった場合。災厄があの村に及ぶ可能性がある。苦労して創りだした養蜂事業のすべてが失われるのだ。ミーアにとってあの村は生まれ故郷だし、俺にとっても行き倒れ（？）から助けてもらった恩がある。

ただし、慎重に一歩一歩行くぞ。

「なるほど、この花が生えている場所がわかればそれは意味のある情報ですね」

テーブルに置かれた小さな赤紫の花を指して、俺は言った。アルフィーナは一瞬虚を衝《つ》かれたように目をぱちくりさせた。だが、大きな瞳に理解の色が灯《とも》る。

「そ、そうです。この花が咲いている場所を詳しく教えていただけますか」

俺は黙る。こちらの持つ情報を彼女に与えるか、つまり情報共有の相手として認めるか。これは難しい問題なのだ。

「私にできるお礼ならどのようなことでもします。もちろん、貴方《あなた》たちから聞いたことは誰にも言いません」

これだけ彼我の立場が隔絶している以上、一番大事なことは相手の立場を理解〝しようとする〟かどうかだ。どう頑張っても理解できない差があるからこそ重要だ。どうやら俺たちにリスクを負わせることは理解しているらしい。実際、彼女は誰にも知られないように工夫して俺を呼び出した。これまでの会話で、身分を笠《かさ》に命令をされた覚えもない。

むしろ最初の混乱が収まった後は、誠実にこちらの求める情報を伝えてきた。

一応合格だ。次の問題は……。

テーブルの下で袖が引かれた。わかっている、早く決めないとどんどんまずい方向に行くのだ。

俺はもう一度、アルフィーナを見た。彼女は両手をテーブルの上で握りしめてこちらの答えを待っている。

自分は正しいのだから、周りの人間は無条件で協力すべきだという傲慢さは見えない。正しいことを言っている人間は正しい人間のはずだという、人間の錯覚を利用した詐欺の気配はない。ちなみに、この手の詐欺は本人が意識していようがしていまいが起こりうるため極めて危険だ。

「わかりました。この花、レンゲが咲いている場所を教えます。ですが幾つか質問をしてもいいでしょうか？」

「は、はい。なんでも聞いてください」

姿勢は良《い》いとして甘さが気になる。こっちがリスクを負って情報を伝えても、つまりお姫様の脳内お花畑にレンゲの花をただ植えても意味がない気がする。

「私が場所を教えたとして、その後どうするのですか？」

「もちろん、人々に避難を呼びかけます」

アルフィーナは当然のように答えた。

「誰が、どのようにですか？」

俺も当然のように尋ね返した。

「えっ!?　それは当然私が……」

「収穫間近の畑を捨てて逃げることをどうやって説得するおつもりですか？」

「そ、それは、その場所は危険だから……」

「どう危険なのですか？」

「それは、災厄が……」

「どんな災厄ですか？」

「そ、それはわかりません……」

アルフィーナの声はどんどん小さくなっていく。

「質問を変えましょう。避難といっても、どこまで逃げればいいのでしょうか、どれくらいの期間でしょうか。その間の食料と住居はどう準備されるのでしょうか？」

「……」

俺の質問にアルフィーナはついに口をつぐんだ。テーブルの下で足が蹴られた。いやだから、あんまり考えなしだからちょっと語気が荒くなっただけじゃないか。

「コホン。食料の備蓄の放出、地方領主への協力要請、下手をしたら軍を動かすなど、国家主導の計画が必要ですね」

まだ十六歳の少女に酷な質問だった。だが、実際問題としてアルフィーナは国王を説得しなければならない。今のところの材料は、彼女が見た曖昧なイメージだけ。

予言が重んじられていたらそもそも今の事態にはなっていない。いかに異世界でも曖昧な予言で国家は動かないということだ。そして、俺もそうあるべきだと思う。

加減を間違った俺のせいで、しゅんとなってしまったアルフィーナを見る。

言わないけど。災厄が〝起こらなかった〟ときの可能性も考えなくてはいけない。誰が莫大《ばくだい》な費用その他が失われた責任をとるのかという話だ。その第一候補は目の前の……。いや他人の保身なんかを心配している余裕はない。

「殿下の曖昧なお言葉だけでは国が動かないのは道理です」

「そんな、私は……」

アルフィーナは何かを言おうとして再度口をつぐんだ。

それにしても、ここまで言われても怒らないのか……。むしろ申し訳なさそうにこちらを見ている。

ミーアが非難の目で俺を見る。わかっている、こんなこと言うくらいなら適当に質問にだけ答えてここを出れば良かったのだ。

俺は立ち上がった。アルフィーナの手が止めようと空中に伸び、途中で力なくテーブルに落ちた。

「ただ、曖昧な予言を明確な情報にする手がないわけではありません」

俺は本棚から地図と図鑑を取り出して席に戻った。アルフィーナは俺が戻ってきたことにほっとしたように息を吐き、ミーアはため息をついた。

仕方ないだろ、協力するつもりがあるからこそあそこまで言ったのだ。

もちろん俺には平民らしく魔力を扱う資質はない。その中でも特に特殊そうな予言など専門外もいいところだ。だが、予言を一つの情報と捉えれば、それを扱う手順くらいは教えることはできる。

何が始まるのかと、アルフィーナの目が地図と図鑑に注がれる。だが、俺はそれを閉じたまま、テーブルの脇にどけた。そして、予言の巫女をまっすぐ見た。

一番大事なのは一次情報だ。この場合は彼女の見た災厄のイメージ。

……たった一人の脳内に浮かぶ主観的イメージが一次情報だと。矛盾しすぎて泣けてくるな。

「予言の内容についてもう一度確認させていただきます」

「はい」

アルフィーナは緊張しきった顔でうなずいた。

「王女殿下の見たイメージ、像の中の花ですが、レンゲに間違いがないのでしょうか。よく似た別の花ということは？　あっ、その栞を確認するのはダメです。なるべく具体的に、イメージの中の花の色や形を言ってください」

俺はテーブルに置かれた栞を手で隠した。

「……申し訳ありません。頭の中に浮かんだ像では、そこまで細かいところはわかりません。色は間違いなく赤紫でした。花びらの形は、王都の庭園などに生えているような花の形ではなくて、えっと馬車の車輪のような……」

アルフィーナはチラチラと俺の手に目をやりながら言った。人間のイメージなど簡単に塗り替えられてしまう。質問のされ方で正反対の答えを告げるなどいくらでもあり得る。

特徴は合っている。彼女は王都生まれで、これまでほとんど軟禁といってよい状態。西方のことを聞いたとしても、同じくらい箱入りの母親経由だろう。花に関してアルフィーナの言葉は信憑《しんぴょう》性《せい》が高いと判断しよう。

次は別の角度からの検証だ。

「では、逃げていく人々はどんな服装をしていましたか？　王都とはいささか趣の違う服装だったと思いますが」

アルフィーナは黙って目をつぶった。

「……女の人は皆、腰に帯をしていました。王都で見るよりも少し広い帯でした。帯にはまっすぐな線の模様が入っていました。……萌黄の帯に、紺色の線だったと思います」

さすがというべきか、女性の服装のほうが記憶に残っているらしい。俺はミーアを見た。彼女はうなずいた。

ちなみにその線は模様ではない。村の女性たちに模様を染めた布をまとうような裕福さはないからだ。あの地域の女性は広めの帯の上に、細い紐《ひも》を締めるのだ。和服の帯締めのようなものだ。色の組み合わせは既婚未婚で違う。萌黄に紺は未婚の女性の組み合わせだ。

「他にその土地の特徴を表すような建物などはありましたか？」

「……村の近くに水車のようなものが見えたかもしれません」

アルフィーナの言葉に、俺とミーアの身体《からだ》がわずかに震えた。

姫君は水車など珍しいと思っていないのだろう。だが、木材が貴重なこの国で、小さな村に水車があるのは珍しいのだ。レンゲの植生と人々の服装、そして水車。その三つが共存する地域は存在し、それはワンポイントに限定される。

巣箱から効率良く蜜を回収するために村に小さな水車を設置したのは俺たちだ。ここまで来たら、アルフィーナが最初から俺を騙《だま》すためだけに用意しないと無理。それをするだけの価値は、俺たちにはない。もちろん、俺の頭の中に何があるかを彼女が正確に知っていれば別だが。

「……」「……」

ミーアと無言でうなずき合った。

俺は図鑑を広げた。各地の風俗を集めた図表だ。平民の服装まで網羅してあるのは珍しい。将来は貴重な民俗学の資料になるだろう。

「先ほど質問した帯ですが、実際にはこのようなものでは……」

「……はい、私に見えたのはこれです」

アルフィーナははっきり答えた。こちらの質問をちゃんと理解して無駄なことは一切言わず、必要なことだけを答える。浮き世離れした環境で育ったが、根は聡明《そうめい》なのだろう。

「わかりました」

俺は図表の横に地図を広げた。西方山脈近くの平原を指でなぞる。レンゲの分布は将来養蜂を広げるために調べてある。

「あの花、レンゲは西部の中でもより西側に分布しています。そして、王女殿下がおっしゃった帯の特徴は、その中で北部域に限られ、そこにある村は約二十ヵ所……」

俺は指でぐるぐると範囲を絞っていく。そして、一点を指して止まった。

「……その中の一つ、レイリア村には水車があります。ですから……。で、殿下？」

地図を押さえる俺の手に白い指が重なった。驚いてアルフィーナを見る。

「貴方に相談して本当に良かった。私の言葉を信じてくれるだけでなく、このように……」

「い、いや、信じて……」

信じていたらテストはしませんと言おうとしたが、アルフィーナの手にこもった力に止められた。広げていた指の間に、白くて細い指が入りこんだ。緊張していたのか、体温の引いたヒンヤリとした指が気持ちいい。そして、触れ合っている部分が徐々に互いの熱で温まっていく。

「コホン。アルフィーナ様は先輩のことを誤解していると思います。先輩は甘いですが、利害無くして動いたりしません」

それはどこの性格破綻者だ。俺はただリアリストとして、自分が動かせるのは自分だけだという信念をだな。……まあ、当たっているか。さすがは我が秘書殿だ。あまり期待される前に、釘《くぎ》を刺しておくことは必要だな。

「殿下。私たちが今していることは、災厄の予言に対するための最初の段階。いわば情報の分析です。予言を信じるかどうかはまだ判断を下してない。そうお考えを」

「分析、ですか？　まだ判断していない……」

アルフィーナは考え込む。まあ、普通は信じるか信じないかの二択から始めるからな。だが、俺がやっているのは信じるか信じないかを判断するポイントを決めること。いや、まだその準備だ。

「難しいです。ですが、リカルドくんが私の話をちゃんと聞いてくれているのは解ります。今も、こうやって私の言葉に向かい合ってくれているのですから」

「災厄が訪れるのがレンゲの花と小麦の実りが重なる時期なら、遅くとも八月半ばです。時間は限られていますから、早く次に進むべきだと思います」

「そ、そうでした」

ミーアの視線に気がついて、アルフィーナは慌てて手を離した。遅れて俺も手を引いた。地図が閉じようとする。ミーアが俺の横に寄り添うように手を伸ばしてページを押さえた。

アルフィーナは変わらず、こちらに期待の目を向けてくる。その視線が重い。

未来予想は経済学の最大にして最悪の目標。普通やらないほうがましだという結果になる。

今回は固定されたゴールが相手だからまだましだが、それでも当たる確率は十に一つ程度だと思ってほしいところ。最悪、俺は貴女の予言を信じないと決めました、と言わないといけないんだけど……。

「次の段階に進みましょう」

ここまでは一次情報、予言から場所という候補を絞った。次はこの場所という情報を基に災厄の候補を挙げる。

第6話

災厄の仮説

「そうです、場所が特定できたのですから、避難の……」

「違います」「王国を説得するにはまだ不十分です」

俺とミーアは同時に突っ込んだ。本質的に予言が相手にされていないのだから、地域が限定された程度で対策はとられないだろう。公開する前に今の分析と一緒に密《ひそ》かに報告していたら多少は変わったかもしれないけど。

「少なくともどんな災厄が起こるかまで示す必要があると思います」

「で、でも、水晶は災厄そのものを映してくれないのです」

「水晶から離れましょう。災厄の位置情報、えっと場所の情報が得られました。つまり、周囲の地理などから起こりうる災害の候補を挙げることができます」

不完全とはいえ場所と時期が絞れたのだ。次はさらに検討の余地が生まれたということだ。

仮に候補地が十ヵ所なら、それぞれに五種類の災害を検討しても、考えなければいけない数はのべ五十。とてもじゃないが検討しきれる数じゃない。

だが、候補地が一ヵ所なら十通り考えても十なのだ。

「まずは起こりうる災厄の候補を挙げていきます。村人が逃げていくというのが大きなヒントです。ここからわかることは……」

「豊作の畑を捨てて逃げるのですからよほどのことです。おそらく突然のことだと考えられます」

「そうだな、突発的な出来事だ。少なくとも村人にとってはそうだったということだ」

ミーアの言葉にうなずいた。この世界のまっとうな村人だったミーアの感覚が一番役に立つ。

「候補としては自然災害と人為的災害の両方が考えられますが。まずは人的要因から検討します」

俺はポケットから白紙を取り出した。ミーアの表情が曇った。紙は高い。こちらではコピー用紙一枚が百円以上する感覚だ。それでも、俺の粗末な脳内に収まりきれない問題を扱うなら、道具で拡張するしかない。

広げた紙に『帝国の侵略』と書いた。

アルフィーナは顔を曇らせた。西方――正確には北西には大河を挟むが帝国との国境がある。国土の多くが山である帝国は常に食料を求めてきた。過去には大河を越えて攻めてきた帝国との戦争が何度も起こっている。

現在の長い平和は、帝国国内で魔獣の活発化が生じて向こうの余裕を奪ったこと。交渉で農産物と鉱物資源の交易の利益が釣り合っているおかげだ。ちなみに、帝国との交易は国家が管轄して、大商人の利権になっている……。

「王女殿下が口止めをされた理由の一つが『帝国を刺激しないため』ではないですか？」

「……そのとおりです」

国家を取り締まる上位権力などないのだから、隣国に警戒しなくていい国など存在しない。王国は帝国を警戒すべきだ。帝国だってもちろんこちらを警戒するべきだし、しているはずだ。互いに警戒することが健全な姿という逆説だ。

そして、だからこそ不必要な刺激を避けるのも当然。それ自体は間違っていない。

もし、王国が西方に警戒しているという話が不必要に大きく伝われば、それが帝国の王国への警戒レベルを引き上げる。それが王国の警戒レベルを引き上げる。その繰り返しがある一定を超える。最後には「件《くだん》の予言とは帝国の侵攻である」などという噂《うわさ》が独り歩きする。

約四十年の平和など一瞬で破れかねない。何と予言の自己成就である。ちなみに、予言が戦争以外のことだった場合は戦争に加えて予言の災厄も起こる。割と本気で王国が終わるな。

ただし、それを恐れることと、帝国の侵攻という可能性を検討しないのはまったく別物だ。だから、検討はする。

「可能性は高くないでしょう」

俺は地図を指差した。帝国と隣接するのは西方北部。レイリア村は北西部の中では南だ。大軍が行軍可能な道は遥《はる》か北で東の王都へと続く。

純粋に食料そのものが目当てなら、もっと豊かな村がある地域はいくらでもあるし、西部穀倉地帯全体を支配するためならベルトルドを目指すだろう。国境よりレイリアに帝国軍が来るまで、何の警告もないというのも考えづらい。それに……。

「予言の未来像の確認です。家屋は倒れたりしていましたか？　地平線の向こうに煙などは見えませんでしたか？」

「いいえ、そういった光景は浮かびませんでした。晴天で、だからこそ逃げ惑う人たちが余計に……」

アルフィーナの手がテーブルの上でぎゅっと握りこまれる。質問するたびに、悲惨なイメージを思い出しているようだ。

だが大事な情報だ。もし戦争なら煙の一つも上がっていないとおかしい。侵略なら村が燃やされる、あるいは敵に資材や食料を与えないため燃やすことも考えられる。

俺は『帝国の侵略』を消すと、新しい候補を書く。

「次の可能性は大規模な反乱が起こることです」

俺の言葉に、アルフィーナは顔を青くした。彼女の家系を考えればそれもわかるが、検討しないわけにはいかない。

この地方は、二十年前の反乱の影響で今でも王都からは嫌われている。税率などもきつめだ。だが、参加者はまず処刑である反乱などよほどのことだ。レイリアもその周囲も、そこまでは追い詰められていない。豊作ならなおさらだ。

「これも考えづらいな」

「はい」

俺とミーアはうなずき合った。手前味噌《てまえみそ》でアレだが、養蜂事業で将来への希望もある。

もちろん可能性はゼロにならない。すべての情報を集めることはできないし、仮に集めても人間の脳内には収まらない。すべての疑問に対する究極的に正しい答えは一つだけ「わからない」だ。

その前提の中で検討して〝判断〟するしかない。信じる信じないではなく、選択するだけ。選択を誤るリスクは甘受するしかない。

「次は天災です。地震、洪水、火山の噴火……」

あの村の周囲に大きな川はなく、山が噴火したという記録はない。もちろん噴火するかもしれないが火山の噴火など、現代日本でも十分な精度で予測などできなかった。地震もまた然《しか》り。俺は地図を指差しながら、一つ一つ可能性を消していく。

「疫病の流行も考えづらいでしょう……」

この時代の人口密度で疫病の流行ならまず疑うべきは大都市だ。それに、村を捨てることは考えづらい。疫病が起こったとき、走って逃げるだろうか。俺はじっと地図を見る。

「では次の可能性を考えましょう……、次は……えっと……」

「リカルドくん?」「先輩?」

口をつぐんだ俺に、二人の少女の視線が迫る。困ったな、思いつく可能性は大方検討してしまった。他に考えられる自然災害は津波？　海に面していない。

隕石《いんせき》の落下、イメージと合わないし、煙どころではない。まさか世界を超えて恐竜を滅ぼす意志が存在するわけもあるまい。文字どおり杞憂《きゆう》だ。

いや待てよ、もしかしたら隕石召喚的な魔術があるとか……。なら異世界から魔王が召喚されたとかはどうだ？

検証できないから検討する気にもならない。魔王が現れるならご一緒に勇者もと祈るくらいだ。ちなみに俺が異世界から召喚された勇者だったは却下だ。俺の中に魔王的チートがあってこの秋に突然目覚めるとかのほうがましだ。魔王国を造ってそこで商業改革をやろう。

……いかん、思考が現実離れしてきた。俺は頭を振った。二人の少女の不安と期待のこもった二つの視線。こめかみに汗が流れる。だが、思考は停止したままだ。つまり、これは……。俺は一度息を吸い、そして吐いた。

（悪い傾向じゃない）

心の中でそうつぶやいた。候補が見つからないということは、無視し得ない大きさの足りない情報があることを見つけた証拠。逆説的に言えば、俺の中で無意識に否定されているものがその情報だ。人為にしても自然災害にしても、俺の発想はどうしても地球準拠だからな。

問題はそれが何かだ、この世界の現実に起こりうるもので、俺がイメージできないもの。

（そうだ、ここは異世界だ……）

目の前の女の子たちを見た。片方は予言の巫女姫《みこひめ》で、もう片方は前に俺にある忠告をした……。

「もう一つ、可能性が浮かびました」

立ち上がると、この世界の博物学の知識を収めた図鑑を取り出した。この前、書庫で調べていたものだ。

アルフィーナとミーアの注目の中、ページをめくっていく。図鑑の巻末付近、地球にはいない生物のページで指を止めた。

もう片方の手が地図に伸びる。地図の北西部、レイリア村に置いた人差し指を西に動かす。

朱色に塗られた山脈と赤で描かれた森が記されている。普通は人間とは関わらない魔獣の領域。

だが、例外がある。赤い森《ルーヴェル・ヴァルト》から大量の魔獣が溢《あふ》れる現象。

第二騎士団が徴候が現れるたびに討伐に行くというアレだ。ドレファノの利益になるかもしれないやつだ。

「魔獣氾濫《モンスターフラッド》……」

俺の口から、俺にとってはまったく現実感のない単語が出た。元の世界のゲームのイベントを話しているような錯覚に襲われるな。だが、魔獣氾濫《モンスターフラッド》はこの世界では現実だ。

俺は紙に書いた『魔獣氾濫《モンスターフラッド》』という文字をペンで二重に囲った。

「予言の災厄は魔獣氾濫《モンスターフラッド》だと想定してみましょう」

「魔獣氾濫《モンスターフラッド》、ですか？」

アルフィーナは怪訝《けげん》な顔になった。

「魔獣の群れなら、少なくとも積極的に放火はしませんし。人間が食料を奪われるのを恐れて自ら燃やすこともありませんね」

ミーアはそこまで言って、首を傾《かし》げた。

「ですが、西方で魔獣氾濫《モンスターフラッド》が起こったことはないはずです」

確かに、俺自身が赤い森《ルーヴェル・ヴァルト》に向けて養蜂を広げられないかと考えていたぐらいだ。可能性で考えれば、魔獣氾濫《モンスターフラッド》は火山の噴火や洪水と同じように除外すべき候補だ。

だが、俺はもう一度地図を見た。

「考えてみたらなんでだ、なんで西方では魔獣氾濫《モンスターフラッド》が起こらない？」

地図を見る限り、王国の東部と西部の国境付近はおおむね対称的な地形をしている。西にも山脈が存在するのだ。実際、俺たちがレイリアから見る赤い森《ルーヴェル・ヴァルト》は、山脈からの魔力の影響を受ける領域である証拠だ。

同様の地理的条件に見える東方では数年おきに魔獣氾濫《モンスターフラッド》が起こる。なのに西方は二百年以上一度も記録されていない。

「魔獣氾濫《モンスターフラッド》について何か書いてないか……」

俺は魔獣の記述が載ったページをめくる。目が字を追う。だが、それは関係ない内容へと、唐突に変わった。ただでさえ貧弱な記述の中、人間が入りこむことがほとんどないモンスター生態系の情報は乏しい。

「おかしいだろ。魔獣氾濫《モンスターフラッド》は予防されているんだぞ、つまりメカニズムに対する知識が……」

「先輩。魔獣氾濫《モンスターフラッド》に対応するのは騎士団の役割です」

「そうか、軍事情報か」

そりゃおいそれと公開できない。では、軍事情報に詳しい人間を探すか。俺の脳裏に尊大でがたいのいい上級生が浮かんだ。まず無理だな。じゃあドレファノか？　騎士団に食い込もうとしているならその手の情報を、ってもっとないわ。

大体、下手な人間に知られたら大変なことになる。王国の安定を揺るがす予言に与《くみ》する人間、あくまで中立のつもりでも客観的にはそう見える。その怪しい人間が軍事情報へアクセスを試みる。

うん、死亡確定だな。

というか、人脈を想起したら敵しか出てこないってどうなんだ。

「ミーアは……無理だよな」

彼女の交友関係は基本的に商家の娘たちだ。俺は最後の一人に目を向けた。

アルフィーナの側近であるクラウディアがいる。彼女の父親も確か第二騎士団だ。

これも厳密には俺の敵かな。俺が絡んでると知ったら〝主《あるじ》への忠義から〟絶対協力しないに決まっているが、そこはアルフィーナに聞き出してもらえばいい。問題はその手の腹芸が彼女にできるかということだが……。

そのとき、鐘が鳴った。そろそろ切り上げないとまずいな。まずはここまでのことをまとめよう。

第7話

専門家

「現在のところ、災厄の地はレイリア村を中心とした場所。起こる災厄は魔獣氾濫《モンスターフラッド》と想定します。これが災厄の予言の仮説ということですね」

「仮説……ですか」

「はい、こうなると想定して次の段階に進むということです。それで、殿下が次に登校されるのはいつになりましょうか？」

俺は確認した。お姫様に門限を破らせたりしたら、いや今この状況を見られただけで計画が破綻しかねない。

「一週間後になると思います」

「わかりました。殿下はアデル様と行動を共になさるでしょう。その間に魔獣氾濫《モンスターフラッド》の情報を入手していただけますか？」

「わかりました」

アルフィーナが彼女にしては強くうなずいた。

「先輩。私たちは？」

「周辺情報を集めよう。地図を見ていて一つ思いついたことがあるんだ。ちょっとややこしい計算が必要になるから、ミーアが頼りだな」

「はい」

ミーアがうなずいた。

「では……」

俺たちは同時に立ち上がった。俺はミーアに必要な資料を指示する。ドレファノ関係で前から調べていた資料だ。ミーアはすぐに理解してくれて、古い資料を集めるため書庫の反対側に向かった。俺は最新の資料を揃《そろ》えるため、閲覧室のほうに向かう。アルフィーナは秘密のドアに行くものと思っていたが、俺についてきた。

ちょうど良《い》いから念を押しておこう。情報収集のためには余計なバイアスを相手に与えるのは厳禁だ。

「殿下。アデル様にはくれぐれも私たちの、特に私のことは口になさいませんように」

「でも、今回のことはリカルドくんがいなければ……」

「災厄がレンゲの花の盛りに生じると考えれば時間が足りません。今最も重視すべきは迅速に偏りのない情報を入手することです」

「……はい。わかりました」

アルフィーナは少し躊躇《ためら》った後にうなずいた。

「今回は本当にありがとうございました。このご恩は決して忘れません」

書庫の出口に到着する。ドアに手を伸ばそうとした俺に、アルフィーナが深く頭を下げた。

「それに関してはミーアの言葉を信じてください。私は私の利害が絡まなければ動きませんから。あの村の安全は我々にとっても重要なのです。我が商会の危機を予言していただいたのだとすれば、私のほうこそお礼を言うべきでは」

「私は巫女《みこ》としての役目を果たしているだけです。でも、リカルドくんは……」

「ではこう考えましょう。王立学院は異なる身分の学生同士の交流のためなのですから。今回は我々三人の共同作戦ということで」

俺はここぞとばかりに建て前を口にした。こういう言い方をすると、まるで学生の自由研究みたいだな。政治的に危険な要素があるうえに、テーマとしては物騒すぎるが。

「この前も、学生同士が書庫で会っただけと言ってくれましたね。共同作戦ですか。このような状況で不謹慎ですけど、なんだか嬉《うれ》しいと感じてしまいます」

アルフィーナが少しだけ肩の力を抜いたのがわかった。おそらく、これまでずっと一人で抱え込んでいたのだ。正直言えば今でも未来予知なんてものが可能か、半信半疑ではある。経済学でいうところの、テールリスクだ。対処しないわけにはいかない。確か別名がブラック・スワン。

告げたのが、白鳥のような少女というのはどうなんだろうな。俺がそんなことを考えていると、彼女がはにかんだような笑顔で見てきた。

「あの、でもそれなら……。アルフィーナ、ではダメですか。王女殿下というのは交流にはいささかぞわないと思うのです」

最後の最後に割と難易度の高い注文が来た。おとなしい少女の意思表示。これに応えることは、彼女との距離をコントロールする俺の自由度にかなりの制限を受けることになる。

まあ、さすがにここまで来たら今さらだな。少なくともこのプロジェクトが終わるまでは……。

「わかりました。ではアルフィーナさ……」

俺が同級生を同級生と認めようとしたとき、突然書庫に光が差した。

開いたドアの向こうから、閲覧室の光を背に黒い影が入ってきた。俺は反射的にアルフィーナの前に立った。侵入者のシルエットが壁に映った。ポニーテールの女性だ。その手に細長い光の反射が生じた。

「なぜ貴様が殿下と一緒にいる!」

声より先に抜きやがった。そういえばさっき背後でノックの音がした気がする。迎えに来たら書庫だと言われたのか。

「ダメですクラウ。リカルドくんは私がここに呼んだのです」

「なっ!! そ、そんな……。き、貴様……」

クラウディアは真っ赤になった。思春期の主《あるじ》が密室で男と二人、それを見た思春期の護衛が何を想像するか。抜き身の刃がプルプルと震えているのがとても恐《こわ》い。むしゃくしゃしてやっても無罪になりかねない身分差がある。

「落ち着いてくださいアデル様。殿下、その言い方では誤解を招くかと」

「……っ！　ええっと、その……、そうです、リカルドくんはご実家のお仕事で西方の土地に明るいのです。それで、予言のことについて助言してもらったのです」

すがすがしいほど言い訳にしか聞こえない事実ってすごいな。しどろもどろになってしまったアルフィーナの言葉も相まって、まったく説得力がない。

だが、それを聞いたクラウディアは俺を押しのけるようにして主の前に立った。

「殿下。予言のことはもう口に出してはなりません」

「クラウ。でも、私は……」

「殿下どうか！」

主に対するには強すぎる当たり。剣まで突きつけた俺への敵意が吹き飛んでいる。

「先輩今の声は？」

その手に台帳を重ね持ったミーアが、書庫の奥から駆けつけてきた。クラウディアがミーアを見る。彼女の頭の中にあった想定が崩れた。

「アデル様。このとおり、一緒にいたのは私だけではないのです。ご存じないでしょうが、ミーアも西方の出身です。殿下のお言葉を信じられては？」

クラウディアは俺とミーアを交互に見る。剣がやっと鞘《さや》に戻った。

「リカルド。姫様が予言を気にしておられるなど、決して口外するな」

押し殺したような声で、クラウディアが俺に言った。

「約束いたします」

即答した。クラウディアの背後で、アルフィーナがびくっと震えたのがわかる。だが、俺は半開きの書庫のドアに手を掛ける。そして、最後に一言だけ付け加える。

「それでは失礼いたします。〝アルフィーナ様〟」

ドアを押して書庫から出た。ミーアもクラウディアを睨《にら》みながら俺に続く。ドアの向こうでアルフィーナがはっと顔を上げたのが見えた。彼女の意思表示に対する、俺の意思表示に気づいてくれたようだ。

＊

「やはり無理でしたか」

「申し訳ありません」

一週間後、俺たちは書庫に集まっていた。もしかしたらダメかもと思っていたアルフィーナもいる。ただ、クラウディアからの情報収集はやはり無理だったらしい。

それどころか、今日はクラウディア自身が学院にいない。代わりに入学したばかりの平民学生がついていた。アルフィーナに昔から仕えている侍女らしい。ちなみに今は館長室の前で待機してもらっているそうだ。

「クラウはお父上に確認すると実家に戻ったまま……」

なるほど、アデル子爵家としては関わりたくないということか。

「わかりました。では別の情報源を探すしかないようですね。ですが……」

ミーアと一緒に作った資料を手に唸《うな》る。何の伝《つて》も思いつかない。手分けして書庫をあさるか。時間的に厳しすぎるうえに、成果も期待できない。

「あの、実は叔母上にも相談して……。やはり止められてしまったのですが、どうしてもと言うならと、魔獣氾濫《モンスターフラッド》について詳しい方を一人教えていただけました」

アルフィーナが言った。まさかのリカバリーだ。

「えっと、その方とは……」

「はい。昔のことはあまりお話しにならないので、私も知らなかったのですが……」

アルフィーナは書庫の奥、彼女専用のドアを掌《てのひら》で示した。

＊

「西方では魔獣氾濫《モンスターフラッド》は起こらぬ」

枯れ木のような老人、図書館長フルシーの俺に対する第一声は、にべもないものだった。

書庫の奥にあるドアを開くと、そこは一見普通の執務室だった。壁際の大きな石板とその横にかかった王国全土の巨大な地図が教育機関っぽい。

インクに似た微《かす》かな薬品の匂いがふっと鼻を突いた。壁に十枚以上の黒い紙が貼り付けられているのが目に付いた。よく見ると来客用であろうテーブルの上にも同じものが積み重なっている。

部屋の主は今にも折れそうな老人だった。年齢は七十を越えているだろう。釣り針のような白い眉毛、細い目と尖《とが》った鼻、細い顎と長い白髭《しらひげ》。何の用事だと言わんばかりに、俺を見ている。

王立学院の図書館長という地位は、男爵家の四男としては出世といってよいらしい。もっとも、アルフィーナから聞いたこの老人の功績が本当なら、話にならない閑職だ。

何しろこの老人、二十年を超える地道な観測と論理的考察をもって、ほぼ単独で魔獣氾濫《モンスターフラッド》の予測手段を考案した功労者なのだ。


「ほうほう。なるほど、なるほど……」

最初の反応は悪くなかった。予言のイメージとそこから導き出された村の場所について、懸命に説明するアルフィーナ。顎鬚《あごひげ》を扱《しご》きながら聞き入る老人は、好々爺《こうこうや》そのものだった。

孫娘の初めてのお使いを見守るような穏やかさが一変したのは、アルフィーナが俺を友人と紹介したときだった。

優しそうだった瞳に鋭い眼光が宿り、身の程知らずの平民を射る。ちなみに、ここには平民は二人いるけど、ミーアのほうは茶菓子を勧められたりしている。

そして、俺が将来起こりうる災厄の仮説として、魔獣氾濫《モンスターフラッド》を提案したらにべもなく否定されたというわけだ。

ああ睨まなくていいから。心配はいらないから。住む世界が違うなんてわかっている。こうなったのは偶然と利害が絡まり合った産物なんだ。

むしろ距離を置こうと頑張った結果、なぜかこんな正気を疑われる自由研究を共にする状況になったんだ。

「あくまで仮説として、ご意見をいただけませんか」

俺は言葉を重ねた。

「仮説……のう」

専門用語に少しだけ食いついた。素人が何言っているんだって感じだが、拒否されるより良い。

「私たちが検討した結果、状況から考えられる最も可能性のある仮説です。そこで、魔獣氾濫《モンスターフラッド》の権威である館長のお知恵をぜひともご教授いただきたく」

仏頂面を仏の顔にしようと努力する。ちなみに仏の顔も三度までというが、この世界では平民が三度も貴族の仏頂面を見たら、本物の仏になれる。もちろん平民がだ。

「机上の空論などいくらでも考えられる。仮に姫の言う災厄が起こるとして、その仮説が当たる可能性はいかほどと思っているのだ？」

狷介《けんかい》な老人は机についた手の上に顎を乗せめんどくさそうに言った。だが、皮肉げに片目を開いた表情に俺は懐かしさを感じた。大学の恩師が俺を試したときの態度を思い出す。

何より、その指先が良いじゃないか。

「そうですね、十に二つあれば御の字でしょうか」

塗料らしきもので黒く染まった老学者の爪を見ながら、俺は平然と答えた。

「えっ!?」

驚きの声を上げたのはアルフィーナだ。まあそうだろう、最も高い可能性が五分の一にも満たないというのはあまりに頼りない。多くの人間の命がかかっている状況ならなおさらだ。

だが、人間の感情や事情に遠慮しないのがこういう人種の流儀だ。

さっきのこの爺《じい》さんの言葉の選択。態度とは裏腹に仕込まれたテスト。老人の功績を聞いたときの予想どおり、こちらの流儀の通じる相手であると賭けたのだ。

「その程度の可能性を検討する理由は？」

顎を乗せた手の指が、わずかにリズムを刻み始めた。

「先ほど言ったように、二割でも考えうる最大の可能性であること。つまり、仮説が十あって、他の九つが十に一つもない可能性なら、十に二つのこの仮説が最優先検討課題になります。未来に関する予測なんてそんなものでしょう。そして、最大の理由は……」

俺は不敵な視線を老人に向けた。

「魔獣氾濫《モンスターフラッド》は予防可能。つまりその発生メカニズムがある程度わかっているということです。ならば、この仮説は検証可能と考えました」

「ある程度、な」

老人はおもしろくもなさそうに言う。だが、指先のリズムは止まらない。

「言い換えれば。館長のお知恵を借りれば、可能性を十か零にすることができる。魔獣氾濫《モンスターフラッド》が起こると検証できればそれでよし。そうでなければ、次の仮説に移ることができるわけです」

俺は目をそらさずに答えた。

「そのためにここに来たと。なるほどなるほど……」

フルシーはやっと顎を上げた。片頬をつり上げた。口元の皺《しわ》が、皮肉っぽく歪《ゆが》んだ。

「我が知恵を借りたいと言うが。お前は儂《わし》の知恵も、判断も必要ない、知識だけよこせと。実はそう言っておるわけじゃな」

「そんなことはありません。リカルドくんは……」

「大体正解です。それが専門家の活用方法ですから」

「リカルドくん⁉　あのですから……」

アルフィーナは俺とフルシーを交互に見て困ってしまう。ちなみに、ミーアはまた始まったという顔だ。いや、今回はちゃんと相手を選んでるから。

フルシーは黙って席を立った。引きとめようとアルフィーナが腰を浮かす。

老学者は壁際にしつらえた石板の前で止まった。幾度も書いては消した跡が見える。四隅には消し損ねた数字が残っている。石板の隣には王国全土を描いた地図が貼られており、東方の山脈に数ヵ所の印がつけられている。

「魔力の流れ、つまり魔脈である山脈とその周囲の赤い森《ルーヴェル・ヴァルト》は魔獣の領域じゃ。普段、魔物どもはそこから出ることはない。つまり、魔獣氾濫《モンスターフラッド》の定義とは……」

唐突に講義が始まった。

第8話

講義

「魔獣氾濫《モンスターフラッド》の定義とは魔脈に生息する魔獣が群れをなして平地、つまり人間の領域に襲いかかることをいう。歴史上、最大のそして記録に残る最初の魔獣氾濫《モンスターフラッド》は約四百年前のことになる」

大きなイーゼルのような器具二つに支えられた石板の前でフルシーはイントロダクションを続ける。王国建国史として俺たちも習った内容だ。

「『大氾濫』ですね。確かクラウンハイトの前にあった古王国がそれで滅んだといわれている」

古王国は約四百年前に滅んだといわれている国家で、少なくとも現在の王国と帝国を合わせた広さがあった。ちなみに、両国とも自国こそが古王国の後継だと名乗っている。

記録に残る最初のという言い方。おそらくそれ以前の記録は『大氾濫』とその後の混乱で失われたのだ。つまり、それほど広い範囲に及んだことを意味する。空を竜の群れが覆ったといわれているのだ。

「そこまで大規模なものはその後は一度も発生しておらぬが、今でも東方では平均して五年に一度の小規模の魔獣氾濫《モンスターフラッド》、十五年に一度の中規模な魔獣氾濫《モンスターフラッド》が起こっておる。その原因は……」

フルシーは地図の右、東方山脈を指差した。山脈には数ヵ所に印《しるし》がつけられている。

「魔脈の変動である。魔物の活動源である瘴気《しょうき》、つまり曇った色の魔力は山脈から湧いてくる。従って、山脈の構造はそのまま魔力の流れといってよい。見てのとおり、東方の山脈は複雑に入り組んでおる」

よく見ると、東方の山脈に何本もの赤い線が引かれ、印はそれが交わる場所に付けられている。

なるほど、山を魔力が流れる川と考えればいいのか。魔力が地面の下から湧いてくるというのと、平地よりも山脈に魔力が強いというのは矛盾するな。

いや、地球と同じように大地がマントルのようなものに浮いていると考えればどうだ？　例えば水に浮いた氷を考えればよい。水面に現れた氷が高い場所ほど、水面下の氷もより深く水中に突きだしている。魔力が深部にあるコアから発生すると考えると……。

今は惑星科学を考えている場合じゃないな。まずは地上のことだ。魔脈と魔獣の関係の把握が肝要。

「いわば川のように、魔力の流れが打ち消し合って穏やかな時期と、重なって荒れる時期ができる。魔力を餌とする魔獣に影響を与えるわけじゃ。簡単にいえば魔力が増えれば魔獣も増える。増えた後で魔力が減れば魔物は飢える。その結果、暴走して平地に向かう。これが現在の魔獣氾濫《モンスターフラッド》じゃ」

地球でもこちらでも、人間を始めとした普通の生き物は太陽のエネルギーを活動の基盤としている。だが、魔獣それに加えては地から湧いてくる魔力もエネルギー源としている。地球にも太陽光に依存せず、海底熱水鉱床からエネルギーを得る生態系が存在した。

「氾濫する魔獣は魔狼《グラオザーム》の群れじゃ。山脈の奥に生息するといわれている、より大型で強力な魔獣はその分魔力に依存し、同じか、より小型の魔獣は増えた魔狼により狩られると考えている」

魔狼というのは、前に見た剝製の巨大狼だな。元は地球産であること、あの巨体が数年で成長するということは、エネルギー源がハイブリッドのおかげだろう。俺はミーアが持っているこちらの資料をちらっと見た。これは要確認のポイントだ。

「では次に西を見てもらおう。西方山脈は東方に比べて単純じゃ。東部のような魔力の大きな変動は起こりえない。実際、魔獣氾濫《モンスターフラッド》は王国の記録では東方だけで起こっておる」

フルシーは地図の反対側を指差した。山脈は一条で南北にわずかに蛇行しながら走っている。なるほど、魔力を川の流れとしたら、西方のほうが安定してそうだ。

「どうじゃ、そなたらが知りたいことはこういうことじゃろう」

さあどうする、フルシーは目で俺に聞いてくる。

なるほど、これが魔獣氾濫《モンスターフラッド》のメカニズムか。今の説明は理にかなっている。災厄が西方からくる以上、それが魔獣氾濫《モンスターフラッド》である可能性は低い。自分のアイデアへのこだわりを捨て、水害や火山の噴火を否定したのと同じ基準で考えれば、そう判断すべきだ。

アルフィーナが困った顔を俺に向けた。可能性が修正されれば仮説は破棄、次の仮説に移る。その言葉に嘘《うそ》はない。だが……。

「一つ質問があります。魔獣の餌は魔力だけでなく、普通の動植物もですよね」

俺は用意してきた質問をぶつけた。

「うむ。魔獣氾濫《モンスターフラッド》で犠牲になった村の人間はほとんど全滅に近い被害を受ける。牛などの家畜も含めてな。ただ、魔力が必須なのも確実じゃ。実際、現在のように予防される前の魔獣氾濫《モンスターフラッド》は、魔力が尽きるまで魔狼が暴れた後で対処された」

フルシーは説明しながらわずかに顔をしかめた。犠牲者の数はすごいことになっただろうな。そして、俺たちの仮説が正しければ、今回もそうなる。

「わかりました。石板をお借りして良いですか。ミーア、あのデータを説明してくれ」

俺はミーアに指示した。俺たちが商会の仕事を犠牲にしてまで用意したプレゼンを始めよう。

「王国の気候は安定しており、気温は東西でほぼ変わりません。ある程度違いがあるのは降雨量だけで、収穫量は降雨量とよく一致します。その相関係数は0・86です」

石板に二枚の手書きグラフを貼り付けると、ミーアが説明を始めた。

「相関係数とはなんだ？」

フルシーは聞いたことがない統計用語に首を傾《かし》げた。アルフィーナも何が始まるのかという表情だ。

「簡単にいえば、二つの量が関連する強さを数値化したものです。ここに示したのは、収穫量と降雨量です。降雨量が増えれば収穫量が増える関係ということです」

ミーアは一枚目の手書きのグラフを指差した。横軸に降雨量、縦軸に収穫量が表示されている。プロットされた点の一つ一つは行政区、つまり村ごとの収穫量の平均からの相対値だ。グラフは右肩上がり。基本的に雨に恵まれれば収穫は増える。これは、洪水を引き起こすような大規模な降雨がないからだ。本当に、こちらの気候は安定している。

「このような簡単な数術で計算できます」

ミーアは石板に計算式を示した。ちなみに、この国では算数……数学のことを数術という。フルシーはじっとミーアの示した数式を見る。ちなみに、相関係数の公式はそこまで難しくない。まあ、ミーアが簡単という数式が教えた俺には難しいことは往々にしてあるけどな。

「……おもしろい計算方法じゃな。理にかなっておる。じゃが、肝心の収穫量が信用できるのか？間違った数字をどれだけ見事に計算しても、間違いが増幅するだけだが」

収穫量は税と密接に関係する。つまり、貴族たちはごまかそうとする。ちなみにこのフルシーの言葉は政治的にかなり危険だ。

ミーアが俺を見た。踏み込んでいいかの確認だ。俺はうなずいた。向こうがそういうつもりなら、こちらもそれに応える。

「貴族領に関しては信用できません。ですが、貴族領を牽制《けんせい》する意味でも、役人に管理されている王国公領の収穫量はある程度信用できます。それは、収穫量の分散からも明らかです」

ミーアは二枚目の紙を指差した。並んだ二つのグラフには、貴族領と公領の収穫量が点で示されている。公領のプロットは円形に近い。つまり、自然に分布しているということ。一方、貴族領の収穫はひしゃげている。何らかの要因いや都合か、で歪《ゆが》んでいますと言っているようなものだ。

「貴族領の収穫量はその分散が不自然です。一方公領は自然に近い。その結果はこの計算式で示され、明白に差があります。というわけで今回のデータとしては公領だけを用いています」

このデータは爆弾だ。貴族の脱税調査の効率化に繋《つな》がるからだ。ちなみに、一週間前の時点で俺たちはこういったデータをある程度集めていた。理由は二つ。一つは、ドレファノとの将来の戦いの最終兵器としての準備だ。当然だが食料ギルドの最大の取扱商品は主食である小麦だからな。最終兵器というのは、使うとこちらもただでは済まないのでできれば使いたくないという意味。

遙《はる》かに重要なのは農業の生産性の変化を知ること。経済発展の基盤は、百人分の食料を生産するために何人が必要かだからだ。

「おもしろいな。平均との差を表現するのに、掛けあわせてその後……。いや待て、あるべき偶然という概念の数式化じゃと……」

フルシーはすっかり計算に引きこまれている。ミーアが説明する前に有意差の概念まで踏み込んでいる。何十年も魔脈の数値と格闘してきた結果身についた感覚が生きているのか。それでも、普通に天才のたぐいじゃないか。

「本題に戻ります。東方と西方で分けると、西端が相関係数０・８８。ほぼ降雨量と収穫量が一致するのに対して、東端は０・７まで下がります。理由は一致しない小さな〝豊作〟の年が存在するからです。直近では、王国暦３４７年、３４２年、３３４年ですね。これらの年では収穫量が降雨量から予測されるよりも〝高く〟なっています」

現在から三年前、八年前、そして十六年前だ。それらの年には一つの共通点がある。

「東方で魔獣氾濫《モンスターフラッド》が起こった年か」

「そうです。アルフィーナ様の予言によれば、今年は西方は豊作とのことです。一方、東方はそうではない。つまり、災厄の予言だけでなく豊作の予言も奇妙なのです」

ミーアの言葉にフルシーは小さく唸《うな》り、アルフィーナもびっくりした顔で俺たちを見る。俺たちだってこの結果には驚いたさ。こういった直感に反するデータは、その背後に重大な何かを隠しているものだ。

「まずは過去の話に戻ります。気候とは関係なく、収穫量を左右する要素が東方にだけ存在したということです」

この後は俺の役目。俺は立ち上がると、ミーアの計算式を未練がましく見るフルシーに言った。

「その三年とも、魔獣氾濫《モンスターフラッド》は発生前に騎士団によって潰されておるぞ。にもかかわらず収穫量を増やす効果があるというのか。理由は何じゃ？」

フルシーが俺に向き直った。相手にされるだけましになったな。

「注目するのはやはり地形です。実は先ほどの豊作は……」

俺は三枚目のグラフを貼り付けた。先ほどまでの二枚より明らかに線も字も汚い。

「東部でもより端のほう。つまり、赤い森《ルーヴェル・ヴァルト》に近い村で顕著になる傾向があります。そこで、最初の質問に戻るわけですが。魔獣は普通の動物も食べる。つまり、魔獣の増減は隣接する地域の動物に影響を与える。そういうことですよね」

第9話

検証可能性

「魔脈と人間の領域である平地の間には、中間の領域赤い森《ルーヴェル・ヴァルト》があります。つまり、平地の生態系は隣接する赤い森《ルーヴェル・ヴァルト》の影響を受ける可能性がある。一番可能性があるのは、森に棲《す》む害獣です。例えば秋になると森から平野部に移動して、収穫前の畑を荒らす大ネズミの群れですね」

レイリア村でも見たことがある。子猫くらいある夜行性のネズミで、小麦の房を尖《とが》った歯で刈り取るようにして喰《く》らう。村人には蛇蝎《だかつ》のように嫌われている。

「……それで魔獣が普通の動物も食うかを聞いてきたわけじゃな。魔力不足で飢えた魔狼《グラオザーム》はまず赤い森《ルーヴェル・ヴァルト》の動物を食い尽くす。その後魔狼は騎士団に討伐される。なるほど収穫は増えるかもしれんな」

「そう予想しています。同様に、今年西方が豊作になる理由があると考えるのは非現実的な仮定ではないでしょう」

俺の言葉に、アルフィーナが固唾をのんだ。

「西方で例えば三年前の東方と同じこと、つまり魔獣の群れの増加とその後の飢餓が起こっている可能性がある、そう言いたいわけか。……忌々しいが一理あるな。まあ、予言である災厄を予言の豊作で裏付けるのは、半分インチキじゃがな。何より、肝心な部分がまだだ。西の魔脈で魔力の変動が起こらぬ限り、そもそも魔獣氾濫《モンスターフラッド》は起こらん。違うか?」

フルシーは鋭く論理的欠点を突いてくる。そのとおりだ、状況証拠が揃《そろ》えば人間は簡単に架空の因果関係《ストーリー》を作り出す。

例えば、歩道を歩いたとする。そこに車道を派手な車が明らかに法定速度を無視して通り過ぎたとしよう。数分後、前方から救急車の音がした。俺は反射的にさっきの車が交通事故を起こしたと想像するだろう。

人間の脳はネットワークである以上、連想を生み出すことがとてもうまいのだ。

だが実際には、救急車で運ばれているのはまったく無関係の病人だ。もし今通り過ぎた車の交通事故なら、時間的に間に合うはずがない。まあ、暴走する車に警戒するのは良《い》いことだが。

ちなみに、この人間の心理の逆、つまり偶然であることを基盤にすることが統計の価値だ。

さて、今はそういう罠《わな》に引っかからなかった老人の疑問に答えよう。最初に言ったとおり、俺は魔獣氾濫《モンスターフラッド》が起こる可能性なんて二割あれば御の字と思っていた。今ですらまだ可能性は半分を超えたかどうかと思っている。

なぜなら俺たちが知らない情報も、未知の可能性もいくらでもあるのだ。目の前の老人ですら、魔脈や魔獣について知っていることはごくわずかのはずだ。そのごくわずかが、俺たちの数百倍であっても、全体から見たらほとんど何も知らないに等しい。

だからこそ、次のステップが決定的に重要になる。

「そこで、検証可能性の問題です。ちなみに、東方で魔獣氾濫《モンスターフラッド》の予測はどういう方法で行われているのですか」

「魔脈から湧き出す魔力の色は乱雑じゃ。一方、資質を持った人間が使う魔力は整っている。そこで測定用の魔術器に魔力を流し、それがどの程度乱されるかを魔力に反応する紙に写しとるのじゃ。きちんと基準を決めて、しっかりと数値化してな」

老人は胸を反らして言った。期待以上に厳密な方法だ。俺には資質がないので魔力の色とか言われてもさっぱりだが。

「では、西方でも同じ測定を行えば、魔獣氾濫《モンスターフラッド》が起こることを示せるのですね」

アルフィーナが希望を見いだした。だが、俺は首を振った。

「そうはいかないでしょう。魔力の変動と魔獣氾濫《モンスターフラッド》の間には年単位の時間の差があるでしょうね」

俺は理科の資料集にあった、天敵と捕食者の個体数の変動のグラフを思い出していた。この二つはずれて連動する。

「そのとおりじゃ。魔獣氾濫《モンスターフラッド》の予兆とは単年の魔力量ではなく、数年間に跨《また》る魔力のピークとその後の減少に関係する。東方には赤い森《ルーヴェル・ヴァルト》から少し距離をとって三ヵ所の観測所が設けられておる。これまで三十年以上の魔脈の測定記録がある。じゃが、これまで魔獣氾濫《モンスターフラッド》が起こっていない西方には記録が存在せぬ。仮に今から西方の魔力量を測定しても、最初の予測は早くて三年後。今年の魔獣氾濫《モンスターフラッド》は予測できぬということじゃ」

「そんな……」

アルフィーナが一転して青ざめた。ここまで現実味を帯びてきたのに、従来の方法では検証できない。

だが、今の話を聞いた後なら俺にはアイデアがある。ポイントはこちらの世界では魔力は自然の一部だと言うことだ。

この世界にも四季がある、年ごとのデータは人間とは無関係に勝手に蓄積されているはずだ。純粋にデータの質だけなら、西方の山脈の氷河あたりがベストだろう。もちろん、生命がいくらあっても足りない。いや、赤い森《ルーヴェル・ヴァルト》ですら今の俺たちでは手が届かない。

だが、あの村の近くにはアレが生えていることを俺は知っている。

もちろん問題はいくらでもある。というか問題だらけだ。その記録の経年劣化、間接的な測定で精度と感度が確保できるのか。

つまり、問題は目の前の老人の実験技術ということになる。

「魔脈の魔力を直接ではなく、間接的に測定するとしたら。仮にその量が百分の一、いやそれ以下に減ったらどうなりますか？」

「普通に考えたら、そうだな。……百分の一になったら誤差に埋もれるかもしれんな」

「埋もれるかもしれないですか？」

思った以上の感度に驚く。

「魔力というものは、特定の物質にしか反応しない」

「なるほど。……でもちょっと心許《こころもと》ないですね。ちなみに……」

俺はフルシーの爪先を見た。

「考案者である館長が直々に実験すれば?」

「儂《わし》の知識だけがいるんじゃなかったのか?」

「若者に失敗はつきものです」

同級生たちには使いづらい言葉だが、累積年齢の倍は生きている老人相手なら問題ない。

「ふん、儂が方法を確立して三十年。後任の者たちはやり方をまったく変えず測定を繰り返すだけじゃ。それで何がおもしろいのか。おかげで王宮はこれ以上の精度など必要ないと、研究費を打ち切りよった。じゃが、儂は改良を続けている」

フルシーは黒ずんだ指先で、壁に掛かった黒い紙を指した。よく見ると、紙にはところどころに白い模様が見える。模様は段階的に薄くなっていっている。

「つまり」

俺は思わずつばを飲み込んだ。

「儂が自作したこの特別製の感魔紙を使えば、さらに一桁下の精度で判断できるぞ」

フルシーは手袋をすると、引き出しから一枚の黒い紙を取り出した。「まさかこれを使うときが来たとは」とか言っている。そんなんだから研究費を打ち切られたんじゃないのか？　まあ、こういう人間は行き着くところまでいってもらうしかないのだ。現実的な応用に関しては、それが得意な人間がやれば良い。

「わかりました。では西方の過去の魔脈の痕跡を取ってきます。館長には戻り次第測定をお願いしたい」

「過去を知る方法が本当にあるというのか……」

「確証はありません。でも、うまくいけば過去数十年くらいの記録は取れるでしょう。比較のため、東方でも同種の資料が必要なのですが――」

俺は博物学の図鑑を開いた。あと、ネガティブコントロールは王都付近で採取すればいいが、問題はポジティブコントロールだ。採取に必要なのは細い円筒形の金属だが。

「東方のものに関しては昔の伝《つて》で都合してやろう」

「ありがとうございます」

「まあ儂も一応は教育者ということになっておるからな。学生の戯言《たわごと》に付き合うのも一興じゃろう。……姫の頼みでもあるからな」

フルシーは唇をつり上げた。偉そうに言っているが、明らかにおもしろがっている。ちなみに確証のない方法をぶっつけで試す俺はプレッシャーで胃が痛い。そもそも俺は商人で、完全に専門外だ。

　今回、その商売が丸ごと潰れる危機だから仕方ないけど。

＊

　サンプルの採取の検討のため測定用の魔術器というのを見せてもらった。あきれたことに、館長室の隣はフルシーの個人実験室と化していて、館長室よりも広いくらいだった。つまり、この客を呼べそうにない部屋の状況すら溢《あふ》れた一部というわけ。

　ミーアは今そこでフルシーに分散分析の基本を説明させられている。今回のプロジェクトの検証精度を高めるためには必要だ。

「あんなに楽しそうな先生は初めて見ました。ミーアさんはすごいのですね。それに、あの収穫量のお話。わずか数日であのような……」

　館長室に戻った俺に、アルフィーナが言った。

「自慢の秘書ですから。数術に関しては私など足下にも及びませんよ。それに食料を扱う者として、小麦のことは重要ですから」

　まさか、将来同級生の家を潰すために情報を集めていたとは言えない。

「そうなのですか。でも……リカルドくんの方法、まるで魔法みたいでした。ただ混乱していただけの私をここまで導いてくれるなんて」

アルフィーナが俺に向ける瞳にははっきりと尊敬の色が見える。その無邪気というか、純粋な期待はさっきのフルシーの好奇心とは違うプレッシャーを与える。

「我々が調査をしたのは、アルフィーナ様の予言があったから。調査が役に立ったのは、アルフィーナ様が館長を紹介してくれたからです」

どんな高い梯子《はしご》を掛けても届かなそうな、崖の頂上の花のような少女に言った。

「私は叔母上から聞いただけです」

そんなことはない。春の祭典のときの様子からして、西の大公もアルフィーナにはこれ以上予言に触れてほしくなかったはずだ。

導いたと言うが、俺にあれだけ好き勝手に言われてもくじけず、素直にこちらの意見を受けいれ、ベストを尽くす。一度失敗しても次の方法を考える。

俺がアルフィーナの歳《とし》だったらと考えると……。「キミはすごいね」と俺のほうが言わないといけないくらいじゃないか。

ここまでの分析の基本的デザインは確かに俺がした。だが、それは俺だけが向こうの知識を持っていて、そして情報に埋もれて失敗した経験をしていたからだ。アルフィーナは魔法のようだと言ったが、実はこれまでの分析の流れ、抽象的な構造は単純なのだ。

今回のように問題、つまりゴールが明確な場合、情報を広げて絞る、絞って広げる、を繰り返せばおのずと整理される。その一段一段が答えまでの梯子になるのだ。

五メートルの塀をジャンプ力だけで越えられる人間はいない。だが、梯子を掛けて一歩一歩上がっていけば、子供や老人でも容易に壁の上まで上がれる。

重要なのは一ステップごとに、問題を己の粗末な脳内で扱える規模に押さえること。前の世界では、俺はそれができずに失敗を繰り返した。

この方法は、凡才が自分の脳をいかに効率よく使うかに苦労した結果なのだ。

だが、できてしまえばこれは馬鹿馬鹿しいほど汎用性がある。問題がなんであれ、地球にはなかった魔力絡みでも、適用可能なのだ。ただし……。

「ここからが肝心なのです。ここまでの分析は、あくまで検証のための準備ですから」

仮説がいかに美しいかなど、実際に結果が出るかどうかに比べれば何ほどでもない。

「そうでしたね。あの、リカルドくんは私が水晶で見たあの村まで行かれるのですよね」

アルフィーナは素直に表情を改めると、そう聞いてきた。

「ええ、直接目で見たいですし。あの村はヴィンダーの商売相手で、村長とも知り合いですから」

「そうなのですね……」

アルフィーナは少し考える。そして、意を決したように顔を上げ、まっすぐな瞳で俺を見た。嫌な予感がした。このおとなしい同級生が自分の意志を示したとき、高確率で俺の保身が揺らぐのだ。その相関たるや計算するまでもないくらいだ。

「予言で見たのがその村かどうか、私も直接確認したほうが良いのではないでしょうか」

「それは……」

レイリアが災厄の地であるということは、仮説の大前提たる一次情報だ。そして、予言のイメージが彼女の頭の中にしかない以上、確認できるのはこの世で彼女だけ。

「無用のことでしたか？」

「……いえ。必要なことだと思います。しかし、遠出は難しいと……」

「できるかどうか、叔母上にお願いしてみます」

アルフィーナは決意を込めた瞳で言った。なるべく目立たない形でお願いしたい。

「アルフィーナ様……王女殿下。その方は？」

ミーアがもう少し時間が掛かるというので、俺は先に館長室を出ることにした。アルフィーナは律儀に入り口まで見送ってくれた。

ドアを開けたとき、明らかに不釣り合いな男女を見とがめたのは下級生らしい少女だった。

そりゃそうだ、クラウディアがいなくなっても、王女が一人で学院に来るわけがない。アルフィーナの侍女さんだよな。

深緑のショートカットの吊り目《つめ》がちの女の子。王女殿下のそばにいるべきでない人間を見る目は警戒心に満ちている。

クラウディアと違って敵意を剝き出《むだ》しにしたりはしない。だが、アルフィーナ様と呼びかけたときと、その後俺を見て王女殿下と言い直したとき、声音がはっきり変わっていた。

「シア。リカルドくんは私の大事な友人です」

シアと呼ばれた少女の視線は冷たいだけでなく鋭くなった。少しずつ位置を変えて、俺とアルフィーナの間に自分の身体《からだ》を移動させた。

「失礼いたしました。王女殿下の侍女を務めるアルシアと申します」

どう考えても主《あるじ》の大事な友人に対する態度じゃない。うん、キミが正しいぞ。

「リカルド・ヴィンダーです。アルフィーナ様に蜂蜜の産地についてお話しさせていただいておりました。それではアルフィーナ様、私はこれで失礼させていただきます」

俺は礼儀正しく挨拶して廊下に出た。背中に突き刺さる視線を感じる。

主があんなふうに危なっかしいとこうなるよな。これくらいの侍女さんがついていたほうが安心だ。俺の保身にとっても。

第10話

出発前夜

「しかし、あの爺《じい》さんは拾いものだったな」

「そうですね。かなり優秀な方だと思います」

王都の城壁近く、つまり一番所得の低い人間の住む区画。そこに建つ小さな二階建ての商店。我がヴィンダー商会の二階で、俺とミーアは明日からの出張について打ち合わせをしていた。館長室でレイリア行きが決まってから約一週間、やっと準備が整ったのだ。ちなみに会長で義父たるポール・ヴィンダーは現在出張中。明日帰還で俺と入れ替わりになる予定だ。

「あの女騎士がいなくなったときは困ったと思ったけど、むしろいい方向に転がったか」

俺たちにとってもだ。もちろん、フルシーがヴィンダーにとって直接の利益をもたらすようなことは考えづらいが、こちらの世界ではああいう人材は本当に貴重だ。

「そうですか？」

ミーアがジト目を向けてくる。

「やっかいな護衛がいなくなったことは、先輩にとってもっけの幸いでは？」

「なんでそっちの話になる」

「いつの間にか王女殿下からアルフィーナ様になってますし」

「……ある意味チームだからな」

「……」

「それよりも。ドレファノのほうはどうなっている？」

俺は話を変えた。ミーアはすぐに真剣な顔になった。

「リルカから聞いた限りでは、騎士団の件、ケンドールはかなり押されているみたいです」

リルカは春の祭典で俺を睨んでいたミーアの友達。食料ギルド第三位であるケンドール傘下の銀商会の娘だ。チーズとかの乳製品を扱ってるんだったたか。

「ケンドールは敗北寸前か……」

「第二位のカレストがドレファノ寄りみたいです。向こうは直接の競合関係じゃないですから」

「そういえば、家の周りにご近所さんじゃない人間が見えたな……」

大口の新規顧客獲得に浮かれて零細商会のことなんか忘れてくれると良いんだが、そういうわけにはいかないらしい。貴重な情報収集要員を一人でも割くということは、息子ではなく父親の意思が感じられる。まずいな。子供の喧嘩《けんか》は終わりってことか。

「やっぱりミーアはこっちに残ってもらうしかないな」

「……」

「ドレファノのことだけじゃない。今回のことが確認できたら、俺たちは俺たちとして備える。俺たちにとって最悪を想定してな」

「村の人たちの避難の準備ですよね」

「そういうことだ。人が残ればなんとかなる」

俺たちは零細商人で、あの村は王国の外れの小さな村。そして今回の〝自由研究〟は王国の意向に反している。最大限うまくいっても、王国がこちらの都合に合わせて動くなんて想定はしない。

「ドレファノがこちらの情報収集にかかったとしたら、最悪のタイミングだな」

こちらのリソースから考えて、優先順位は災厄の予言に置くしかない。

「ジェイコブたちがついていますけど、気をつけてください」

「ああ、ミーアもドレファノにはあまり近づくなよ」

「先輩じゃあるまいし、そんなことはしません。じゃあ先輩、それを渡してください」

ミーアは俺の机に置かれた帳簿に手を伸ばした。

「いや、これは俺の分の仕事」

「先輩の計算だとどれだけ時間が掛かるかわかりません。旅の前に徹夜ですか」

そう言ってミーアは積まれた帳簿の半分以上を持っていってしまう。あの量でも俺よりも早く片づけてしまうんだよな。

ホント、彼女はウチにはもったいないくらいの人材だ。

第11話

崖っぷちのピクニック

王都を出発してから七日が経《た》っていた。俺は馬車の窓から外を見た。五月のはじめ、春から夏へ向かう季節の、ごく普通の小麦畑が広がる。空は晴天、気持ちの良《い》い風が頬を撫《な》でる。視線を前に向けると、道の向こうから小さな集落が近づいてくるのが見える。

印象派の画家が筆を執りたがるであろう、長閑《のどか》な風景。

俺たちの馬車の前と後ろに、かなり距離をとってだが、無骨で頑丈そうな二頭立ての馬車が走っているのがアクセントだ。

ちなみに、その田舎道には不似合いな二台のおかげで、ベルトルドまでこちらの後ろについてきていた一台の幌馬車《ほろばしゃ》が離れていった。どこの大商会の手先か知らないけど、こちらと同じく困惑しているだろうな。

「これがお菓子になる作物の畑なのですね」

隣に座る同行者が顔を俺のほうに寄せると、窓の外の光景に声を上げた。修道女のようなフード付きの貫頭衣の女の子だ。フードから青く輝く髪がこぼれ、白皙《はくせき》の頬には汗一つない。

着古した野暮ったい服、せめてもの秘匿の努力を、中身が完全に裏切っている。荷物が詰め込まれた狭い車内で隣にいる俺にとってはいろいろ辛《つら》い。

何しろ、装いが親しみを増した分、思わず手を伸ばしたくなるような引力があるのだ。

王都からベルトルドまでの大公家の豪華な馬車の旅では、窓を開けることもなかったらしい。目を輝かせて小麦畑を見る同級生はとても危うい。水晶越しではなく直接見るのは初めてらしい。

「その発言はかなりまずいのでどうかお控えを、アルフィーナ様」

同じフランスでも印象派ではなく革命のほうに関わってしまいそうな表現に注意する。せめてパンの畑と言ってほしい。蜂蜜の香りの付いた壺《つぼ》から、お菓子を連想したんだろうけど。

ちなみに小麦粉の色は普通白くないんだよ。俺も最初こっちに来たときは驚いたけど。

「そうでした。このように浮かれていてはいけませんね。ところでリカルドくん。私のことはフィーナと呼んでいただかないと……」

「偽名としても微妙すぎませんか……。わかりましたフィーナ様」

「様はおかしいのではないでしょうか？」

「いえ、見習いとはいえ神官ということですから……、わかりましたフィーナ」

「はい」

俺の横で同じ景色を見て微笑《ほほえ》むフィーナに、俺はこの危機的状況に至るまでを思い出した。

ミーアとの打ち合わせの翌朝、俺は予定どおり隊商に交じってレイリア村に向け王都を発った。滅びた古王国時代に造られたという石を敷き詰めた道を通り、まずは西部の大都市ベルトルドに向かう。

ベルトルドで一泊し、ヴィンダー商会が専属として雇っている、ジェイコブとレミの二人と合流した。ちなみに、二人は退役した兵士で、その腕とプロ意識を買われて護衛として義父《おやじ》が雇った。養蜂のおかげで小さな商会としてはかなりの利益を上げ、しかもその利益を投資する先がギルドからの圧迫で限られるヴィンダーは人には費用を惜しまない。

何が言いたいかといえば、昨日までは順調な旅程だったってこと。後ろからついてくる不自然な馬車をどうやって撒《ま》くかという課題を抱えていたけど。

本日はお日柄も良くなりそうな早朝、宿屋に領主である大公の使者を迎えることで、万事予定どおりだった旅は終わりを告げた。

権力というのは零細商人の予定に拘泥しない、というかそんなものがあることを認識しない。結果として俺たちの旅は、ベルトルド聖堂の見習い神官を一人伴うことになった。村の孤児たちを見舞うという微笑ましい名目だ。

女大公がアルフィーナに休養をとらせたいと王宮で提案。予言のことで養女を遠ざけておきたい王が認めたらしい。

荷物がいっぱいだから馬車は自分で用意してくださいと言おうとしたのだが、何を勘違いしたのかジェイコブが屋根の上に荷物を移し、見習い神官を俺の隣に座らせた。「もし万が一があればお前は失業、最悪巻き込まれて死刑だぞ」と言いかけて思いとどまった。

おかげでたいして広くもない馬車で、学院一の美少女と一緒に揺られること五時間。ホームに近づいたっていうのに、俺の保身はぼろぼろだ。

レイリア村に着き、馬車から降りるフィーナに手を貸す俺は、集まってきた子供たちに取り囲まれた。

「リカルド兄ちゃん。久しぶりだな」

「あー、ミーアお姉ちゃんじゃない女を連れている」

そして、無邪気な不敬罪が始まった。待てお前ら、不用意な発言と行動は死に繋《つな》がるんだぞ。せめて俺を巻き込むな。というか、投資を回収する前に死に急がれちゃ困る。

「ミーアからはちゃんと宿題を預かっているからな」

騒ぎ立てる子供たちを数術ドリルで牽制《けんせい》して、村長の家に向かう。ちなみに、将来のヴィンダーを担うかもしれない人材の育成の一環だ。

村で一番大きな家に入ると、ばたばたという足音とともに、頭の薄くなった中年男が現れた。最初に因果を含め……じゃなくて、挨拶しないといけない相手だ。

「おお、リカルドじゃないか。久しぶりだな」

「お久しぶりです村長。水車の調子はどうですか？」

「……ははっ、とても良い調子で動いているぞ。うん」

俺たちは互いに満面の笑みで応じた。外からの出入りなどほとんどない村だ。演技しようとするだけ良しとしよう。多分向こうも同じような感想を抱いているだろう。

「それは良かった。あまり負担を掛けると寿命が縮むので、たまには休ませてください」

「そうだな。ではそうしようか」

世間話に見えるが、実は養蜂のことを隠せという合図だ。見習い神官としてフィーナを紹介。村の周りを案内するが気にしないように告げる。フィーナは村長に何か言いたそうだ。おそらく警告をしたいのだろう。

村長の娘の帯を見たとき、顔を曇らせていたからな。

もちろん俺のほうで、食料の備蓄を増やすことを提案しておくつもりだ。そういった相談もジェイコブたちに任せてある。最低限の情報しか漏らせないので準備の準備程度だが、あるとないとじゃ変わってくる。

災厄が確定したら本格的な避難準備。商会長たる義父に動いてもらう予定だ。

そのためにも、まずはアルフィーナに予言のイメージとこの村が本当に一致するかを確認してもらおう。そのためにこんな危ない橋を渡っているんだから。

俺は小麦畑と牧草地の境目にアルフィーナを案内した。青々とした小麦畑。牧草を食《は》む牛。ゆっくりと回転する水車。周囲の光景は変わらず平和そのものだ。初夏にもかかわらず真っ赤な葉をつけている遠くの森が不気味だが、ここに住む村人にとっては生まれたときからある。春先に山のほうから大きな遠吠《とおぼ》えが聞こえる程度。

だが、今の俺には赤い森《ルーヴェル・ヴァルト》と奥の山々が禍々《まがまが》しいオーラをまとっているように見える。あの赤い木々の中には、溢《あふ》れんばかりに魔獣が群れているのだろうか。

水車の位置を中心に、村の周囲を歩く。東寄りの畑の端で、アルフィーナの足がぴたりと止まった。振り返ると、こわばった顔がじっと水車のほうを見ている。あぜ道のレンゲに笑顔を向けたつい先ほどが嘘《うそ》のようだ。

巫女姫《みこひめ》は目をつぶって、キュッと両手を握りしめる。

「間違いありません。私の見た光景です」

瞳を開くとはっきりと告げた。一次情報が現地で、本人によって確認されたのだ。

「わかりました。では予定どおり私は資料を取りに行きます」

アルフィーナの役目は終わりだ。次は俺の番だ。

「資料というのは赤い木なのですよね。森に入るのですか?」

アルフィーナが心配そうに俺を見る。その足が一歩俺のほうに近づいた。

「まさか。そんな無茶はしませんよ」

俺はあくまで商人だ。必要なものを最も低コストで入手するのが役目。

「実はこの村のように赤い森《ルーヴェル・ヴァルト》に近い土地には、ポツポツとですね……、ほらあそこです」

村の西に広がる平地に点在する、赤い葉をつけた樹木を指差した。森のものに比べれば朱が薄く、緑と赤の葉が交じっている。おそらく深く根を張ることで、魔脈から少し離れたところでも生きていけるのだろう。

木材が貴重なこの世界でも気味悪がって切られない。村長が物心ついたときにはすでに赤い葉をつけていたらしいので樹齢は十分だろう。

ひときわ大きいのは南西と北西の二本。距離はあまり変わらない。北にはあれがある。誰であろうと、養蜂の秘密を知られるリスクは小さくすべきだ。彼女を連れてくること自体、予定外なのだから。

「リカルドくん？」

「あ、はい……」

アルフィーナは真剣な面持ちで俺を見ている。その顔に、観光気分はもう欠片《かけら》もない。先ほど、この村が災厄の地と言ったときの辛そうな表情が思い出される。

彼女を連れてきた甲斐《かい》はあった。一次情報が確認できたのは大きい。そして、予言が本当なら、彼女は村を救おうとした功労者だ。

「あちらの木から採取します」

村から北西方向、盛り上がった土手の上を指差した。ちなみに、向こうには小さくぼんだ土地があり、中心を小川が流れている。昔は湖だったのかもしれない。

俺はアルフィーナと一緒になだらかな坂道を上る。

一足先に大木にたどり着いた俺は、土手の下を確認する。そして、アルフィーナを手招きした。

彼女は慌てて俺のそばまで来て、そして足を止めた。

「……わぁ！」

祈るように両手を握りしめて、眼下の光景に釘付《くぎづ》けになる少女。土手の向こうに広がるのは緑と赤紫の点描画、レンゲの花畑だ。残念ながら咲き始めたばかりでお姫様を迎える赤い絨毯《レッドカーペット》とはいかない。

なのにそんな何の変哲もない田舎の光景が、彼女と組み合わさると……。

年相応の笑顔を取り戻した横顔から無理して視線をそらした。彼女は役割を果たしたのだから、この程度は良いだろう。

「……さて、力仕事に掛かりますか」

俺は革袋から道具を取り出した。横から見たらT字形の金属棒だ。縦棒は空洞で、先端の外側には溝が切ってある。横棒には滑り止めの布を巻きつけてある。まるで銀のような輝きの金属だ。フルシーにこういうものが欲しいと言ったら、たった四日で用意された。どうやって加工したのかと聞いたら、魔術の中に錬金術というものがあるらしい。特別な金属に魔力を流して加工する技術で、騎士団の武装に使われるのだという。

そういえば騎士団の銀色の鎧《よろい》はとんでもない加工精度だったな。金属もそれを加工するための魔力も、王国は多くを帝国からの輸入に頼っている。国家が管轄する戦略資源だ。

大木に向き合い筒を幹に押し付けた。マシンガンを構えるような体勢で、中心と思われるほうに角度を合わせる。先端の尖《とが》った部分を堅い幹にわずかにめり込ませる。Tの横棒を両手で摑《つか》むと、腕をひねった。

きゅるきゅるという音とともにゆっくり、ゆっくりと幹に筒が入りこんでいく。当然ながら、元の世界で年輪採取なんかしたことがない。最悪何度でも挑戦してみるしかないだろう。

道具の精度も手伝って覚悟したよりはスムーズに作業が進む。だが、二の腕の筋肉が早くも引きつり始めた。額の汗をぬぐおうとしたとき、背後から白い手が俺の手にかぶさった。

「ごめんなさい。私もお手伝いします」

衣越しでもわかる細腕が汗ばんだ俺の腕に重なった。別の汗が背中を流れる。手の甲まで届きそうな神官衣で本当に良かった。もし薄着だったら俺の汗のほうがひどいことになっただろう。

背後からの吐息がだんだん脈を上げていき、それが俺の頬に掛かる。

甘い匂いのする協力者を意識しないように無心で腕を回転させる。何度か背後の柔らかいものに肘の先がかすった気がするが、気のせいに違いない。気のせいでなければならない。

「……こ、ここまでで十分だと思います」

いつの間にか縦棒に目安としてつけていた白線が幹の中に消えていた。物理的にはあまり意味がなかった助力も、精神的には相当の効果があったのだろうか。

幹から引き抜いた工具を見てアルフィーナが尋ねてきた。

「今さらですが。これは何をしていたのでしょうか？」

「見ていてください」

用意していた細い鉄の棒を横棒の中心に空いた穴から筒に差し込む。人差し指くらいの太さのサンプルが押し出されてくる。棒状のサンプルには綺麗《きれい》な横縞《よこじま》が並んでいる。確認するためゆっくり回転させる。縞模様はほぼ直角、中心に向かって水平にくりぬくことができたようだ。

ちなみに年輪は普通の色だ、赤かったりはしない。

「木目がついていますね。何か特別なものなのでしょうか？」

アルフィーナは小さく首を傾《かし》げた。年輪の存在自体は知っているのだろう。石の文化でも、木材そのものがないわけじゃない。東西の山脈ではない孤立した山の周囲には赤くない森も存在するのだから。

「樹木は冬は成長を止めて、夏は成長するんです。その成長の差の跡がこの縞模様として刻まれるわけです。つまり、ここの濃くて細い部分が冬で、白くて広い部分が春から夏に当たります」

俺は指先で自然の一目盛りを示す。しかし綺麗な目盛りだな。もちろん、だんだんと目盛りは狭くなっていくのだが、隣り合った縞の幅がほとんど変わらないぞ。気候の安定の賜物《たまもの》だな。

「つまり、ここからここまでが一年間です。えっと、ひいふう……。約五十年分くらいの樹木の成長の記録が一年刻みでわかるわけです」

「は、はい」

アルフィーナは目を瞬《まばた》かせながら必死で俺の説明を聞く。

「ということは、過去この木が吸い上げた魔力の痕跡が、この縞に残っている可能性があるわけですね」

元の世界なら年輪の幅や炭素同位体の測定で気候変動のデータが取れる。同様の仕組みで、この世界なら魔力の記録が残るはずだ。もちろん、今年の分を除くが。

「魔力の記録……五十年……」

俺の説明を聞いてじっと考えていた少女がぱっと顔を上げた。

「過去の魔脈のことがわかるのですね……。今年魔獣氾濫《モンスターフラッド》が起こるかどうか予測できる……。すごいです。こんな方法、誰も思いつかないのではないですか」

純粋な賞賛の瞳が俺を見上げてくる。そうだね、これを考えた人間は本当にすごいと思うよ。俺は単にその知識を利用しただけだけど。

「……図書館でたまたま見た本に年輪のことが載っていたのを思い出しまして」

後ろめたさを感じながら、最大限ぼかした答えをする。言うまでもなく、この場合の図書館は彼女の思っているそれじゃない。

「でも――」

「むしろここからが問題なのです。それこそ、誰もやったことがない方法ですからね。データの精度とか、標準化とか。越えなければならない壁がいくらでもあります」

フルシーの言っていた魔力の性質を考えると、魔力は測定対象としては理想的だ。だが、どれほどの強さで記録が残っているかは心許《こころもと》ない。一年分の記録が凝縮されているともいえるから、希望はあるが。

「そうなのですね。わかりました。やっぱりリカルドくんは頼もしいです。それに……」

彼女は丘の向こうの景色をじっと見つめた。

「今日のことは、私きっと一生忘れません」

「フィーナ!?」

「この光景のことです。赤い木はもっと近くにも生えていました」

ただ窪地《くぼち》に広がるだけの花畑、それをまるで高価な宝石でも贈られたように言う。

「リカルドくんは私の世界をどんどん広げてくれます」

そんな彼女が目を潤ませて、俺を見上げる。その両手で俺の両手を包み込むように握った。俺は思わず息を止めた。いや、だからこんなことで動揺するな。彼女はちょっと……。

「お兄様がいたらこんな感じでしょうか」

「……」

あ、うん。ちょっと違うけど、正確な現状認識ですね。こちらの心臓にも優しいです。いや「おかしいですね。同い年なのに」とはにかむ姿は別の意味で危険だけど。

「とにかくこの村でやるべきことは終わりです。災厄がおとずれるのは秋のはじめ。時間は貴重です」

俺は無理やり表情を引き締めた。まだ、サンプルを手に入れただけなのだ。これからのステップの困難さと残り時間を考えると、名匠の少女画もかくやの光景に溺れているわけにはいかない。

「はい。わかりました」

アルフィーナは最後に少しだけ力を込めてから、俺の手を解放した。

ベルトルド大公とやらは、もうちょっと注意するべきだな。甘い花は容易に虫を呼び寄せるのだから。

閑話

「密談」

「では第二騎士団の備蓄食料の納入に関しては……」

「ああ、今後は其方《そのほう》の商会に切り替えていこう」

王都東門近くに、石壁に囲まれた第二騎士団の本部がある。その分厚い壁に隣接する屋敷《やしき》の奥、蠟燭《ろうそく》の光が銀の鎧《よろい》の影を壁に映し出す部屋。そこで、二人の壮年の男が向かい合っていた。

一人は壁を背に、高い背のイスに腰掛け、肘掛けに両手を広げている大柄の男。一人は太った身体《からだ》を簡素なイスに押しこめ、両手を身体の横に揃《そろ》えてかしこまっている男だ。

「少なくとも今年と来年の討伐はない今なら多少の無理が利く」

「ありがとうございます」

太った男は揉《も》み手をせんばかりに言った。貴族相手には平民として、平民相手には貴族として振る舞うといわれる名誉男爵として、堂に入ったものだった。

「とはいえ、長年の慣行を変えることになる。アデルあたりが騒ぐかもしれんな」

騎士団の副将は、頑固者の部下の名前を出し、意味深な笑みを浮かべた。

「恐れながら、閣下にご苦労をかける分はもちろん……」

太った男は重量のある箱をテーブルに置いた。家の主《あるじ》は蓋をずらす。蠟燭の光に金色が反射した。

「ああ、ケダモノどもの相手をせずに済む間にこちらもやらねばならぬことがある」

「ではやはり、王太子殿下の……」

王宮の深部を知る上級貴族の言葉に、商人貴族の目が素早く左右に動いた。

「おいたわしいことに、お身体の不調が続いておられる。これ以上のご負担をお掛けするのはな。となると、順番からは……」

「デルニシウス殿下でまとめるということですか。騎士団はクレイグ殿下を推されるのかと思っておりましたが……」

太った男は、わずかに目を眇《すが》めた。第二王子デルニシウスは宰相府、第三王子クレイグは規模が小さいとはいえ騎士団に所属する。

「帝国との関係でも悪化すればともかく、この時勢だ。結局予算は宰相府が握っておる。それにあの殿下はいろいろと扱いづらい」

伯爵の指が苛立《いらだ》たしげに机を打った。同じ武人としての親近感ではなく、商売を荒らされた商人のような姿だ。

「確かに、殿下ともあろうお方が騎士団の先頭に立つというのは、異例ですな」

大商人はすかさず追従した。現状維持を願う彼にとっても重要な情報だ。今回の無茶な商談も、代々続くギルド代表の地位に割り込もうとした、ケンドールに対する報復の意味を持つ。

「そうそう……あとはこれもお納めを」

話題を変えるように、ギルド代表はもう一つの手土産をテーブルにのせた。蠟燭の光を透かして琥珀色に輝く瓶が、意匠を凝らされた木箱に収まっている。

「ふむ。アレがよろこぶな」

案の定、伯爵の思考が今いる本宅から、彼が最近足繁《あししげ》く通う別宅にずれた。だが、すぐにそのにやけた顔が皮肉げにゆがんだ。

「蜂蜜といえば聞いたぞ。小さな店がそちの商売を荒らしているらしいではないか。ギルドの統制は大丈夫なのか？」

揶揄《やゆ》するような言葉に、大商人の肩がわずかに震えた。だが……。

「ご心配には及びません。確かに、蜜を入手するための秘密の手段を持っているようですが、手は打っております。いずれ、その秘密ごと私が管理しますとも」

へりくだった態度を崩さなかった男が、わずかに強者としての表情を表に出した。

第12話

予言から予測に

レイリアから戻った翌日、学生たちの嘲笑の視線を背中に受けながら、俺は中庭で一仕事終えた。

出張中に「隠居老人に媚《こ》びを売らなければいけない哀れな平民」という評判が生まれたらしい。ちょっと得した気分になる。

サンプルを手に館長室に向かった。館長から頼まれた仕事の手前、きちんと表から入る。入り口にいたアルフィーナの侍女の冷たい視線を浴びた。

警戒度が上がっている。文句は会ったこともない、そして会うこともない、大公に言うべきだろう。いや、自分ができないことを他人に要求するのはよろしくないか。

しかし、クラウディアといいこの侍女さんといい、どうして基本的利害が一致している人間と対立関係になるのか。前の世界からそうだった。

館長室に入ると、アルフィーナとミーアはすでに中にいた。ちなみに、出張中は王都のほうでは何もなかったようだ。ますますレイリアへの移動中に見た馬車が怪しい。

ちなみにミーアの機嫌はレイリアへ行く道中、アルフィーナと一緒の馬車だったことを伝えてからよろしくない。

「やっと来おったか」

俺が媚びを売っているらしい部屋の主《あるじ》にせかされ、隣室に移動した。中はいわば個人実験室だ。

宮廷魔術師を中心とした王国魔術寮から、ここに隔離されたときにごねて獲得したらしい。どんだけ煙たがられてたんだ？

窓は分厚いカーテンで覆われ壁は黒塗り。魔力の影響を防ぐ材質らしい。壁と同じ色の分厚い実験机。得体の知れない瓶の並んだ棚。壁には館長室と同じ石板がはまっている。

簡素だった館長室よりもずっと金が掛かっている。主の心の重心が、趣味と仕事のどちらに偏っているかがわかる仕様だ。

「このとおり用意はできておる」

分厚い前掛けと手袋をしたフルシーが、組み立て済みの魔術器を前に言った。レンガ程度の大きさの長方形の板に、大小二つの球体が棒に刺さった形で立っている。電気系の実験器具みたいな感じだ。

横にはカーテンと同じ色の布に包まれたルビーのような結晶がある。薄暗い部屋の中で、蠟燭《ろうそく》の光とは独立してわずかな赤い光を灯《とも》している。

これが魔結晶か。中身が入っているものは初めて見たな。俺の目にはぼんやりとした光しか見えないが、資質を持つ者には輝いて見えるのだという。

実験机には黒布に包まれた細長い物体と、俺が取ってきた中庭の木のサンプル。そして黒い紙がある。

「では、実験を始める」

手術前の外科医のように両手を上げるとフルシーが宣言した。

老教授の指導による学生実験のような光景。だが、俺たちは関与できない。魔術は魔力を使って特定の現象を引き起こすことだが、前の世界の魔法のイメージと違い、大きな制限がある。

一つは魔力は完全に魔結晶に依存すること。つまり術者が生み出すものではない。もう一つは魔力によって引き起こされる効果は用いられる魔術器によって決まる。そして、魔術器を使うには魔結晶から魔術器に魔力を流し、それを操作する必要があること。最後がいわゆる魔術の資質だ。

魔術に関して俺の資質は完全無欠のゼロ。学院に入るとき、小さな輪っかを握らされて確認された。ミーアも普通の平民並みだったはずだ。資質の持ち主はほぼ貴族の血筋に限られるのだ。文字どおり青い血だ。

しかも、魔術器との相性の問題がある。アルフィーナのクゥエルの水晶が代表だ。ある程度汎用性があるのが騎士団の使う武器や防具だ。これも魔術器に当たるが、単純に魔力を魔導銀という金属に流すだけ。どれだけの量を流せるかが重要みたいだけど。

魔力を流した武器や防具はその強度を増すうえに、布のように軽くなる。魔獣に対抗できるのは騎士団だけということだ。

「まずはこの〝木〟じゃな」

フルシーは俺が中庭でくりぬいた木の棒をつまみ上げた。いわゆるネガティブコントロール。樹木そのものに魔力に反応する要素がないことを確認するためだ。本来なら魔力を吸っていない同じ種類の樹木が望ましいのだが、原理的に難しい。

フルシーは黒紙を測定用の魔術器に縦に貼り付けると、サンプルに接触させた。右手の手袋を外して魔結晶を親指と人差し指で摘まんだ。次の瞬間、頼りなく小刻みに震えていた枯れ木のような指が、ぴたりと止まった。

途端に、魔結晶の赤い光が強くなる。測定器をサンプルがゆっくりと通過する。

黒い紙が装置から剝がされた。ちょうどサンプルの影のように、長方形に白く抜けていた。木材を通過した魔力により感光したわけだ。刷毛《はけ》で白いインクを塗ったような均一な感光は、木材自体に魔力が含まれていないことを意味する。

「素直に通すようだな。まあ、当然だが」

フルシーの言葉に、魔力は特定の物質にしか反応しないという言葉を思い出した。ネガティブコントロールをとるように主張したのは俺だ。前の世界の常識なら、何を測ろうと大抵バックグラウンドがあるからだ。素人の口出しだったな。

「〝わざわざ〟東方から運ばせたサンプルじゃ」

フルシーがもったいぶって黒い布を解いていく。くりぬかれた赤葉樹の幹が取り出された。東方の観測所の近くで採取されたらしい。

ポジティブコントロールだ。つまり、実験に対して結果がわかっているサンプル。もちろん、年輪の魔力なんて誰も測ったことがないから、厳密にはこれ自体もまったく新しい実験だ。というか、普通はここからやるんだよな。時間がないから同時になっているだけで。

測定器を東方のサンプルが通過していく。思わず固唾をのんだ。もし何の結果も示さなければ、年輪で魔力変動を観測するアイデアそのものがダメということになる。

ゆっくりと測定器から黒紙が剥がされる。裏側を向けられている俺たちには何もわからない。結果を見たフルシーの口元がつり上がった。

「なるほど、こうなるか……。おもしろいぞ」

やっとこちらに向けられた黒紙の上には、波のような模様が現れていた。俺は大きく息を吐いた。

明るさと瘴気《しょうき》、つまり魔脈の魔力量は反比例する。原理としてはレントゲンと同じかな。魔樹が魔力の記録を残すメカニズムはわからないが、年によって濃淡があることは明らかだ。

ただ、幹の中間部分から中心に掛けて、つまり古い年代では黒が薄く、その模様の境界も曖昧になっている。

「あまり古い年代は無理みたいですね。十年分くらいですか……」

「待て待て、結論を急ぐな。もう少し感度を調節してやろうぞ」

すっかりやる気になったフルシーは装置を弄《いじ》る。どうやら二つの球の距離によって感度が調節できるみたいだ。先ほどの写像の隣に、もう少しコントラストの効いたパターンが現れた。

「ほれ、ましになった。それでも、三十年より前のデータは捨てるのが無難じゃろうな」

なるほど言うだけのことはある。確か、観測所より一桁以上高い精度だったか。今回のサンプル相手なら従来法ではアウトだった。

「数値化するぞ」

フルシーは正方形のタイルが並んだ平たい板を取り出す。紙を上にずらして、そこに板を使った標準の魔力の濃さが映し出された。

「ミーア君、記録を取ってくれ」

フルシーは拡大鏡を手に、年輪から年ごとの濃さを数値化していく。それをミーアが記録する。まるで助手みたいに息がぴったりだ。……俺の秘書だからな。

結局、二十九年分のデータが紙上に並んだ。フルシーは懐から巻物を出した。紙の裏に、赤く盛り上がった印が付いた書類だ。

俺たちに見えないようにしている。この爺《じい》さんがいい加減に扱わないということは相当のものだ。つまり……。

俺とアルフィーナは硬い面持ちで待つ。フルシーは突然、その巻物を机の上に放った。

「あの、機密書類の印が付いてますが……」

アルフィーナが控えめに言った。めくれた巻物からは、数字の並びが見える。観測所で直接測定された東方の魔脈記録だろう。

当然軍事機密だ。例えば帝国が知れば、王国の主力軍が東に向かうタイミングが一年前くらいにわかるわけだ。そんな危険物を、学生の前に広げた理由は要するに……。

「機密の意味がないわい。同じものが目の前にありおるわ」

俺は左右の数値を比べた。この観測所のポイントで起こった小規模氾濫で見た場合、観測所の測定値はピークが二十九年前の【30】で実際の氾濫が起こった二十八年前が【12】。対応する年輪の魔力痕跡は【12】と【5】。二十年前も観測所の測定値が【32】と【13】に対して、年輪は【13】と【6】。しっかり対応している。感度を無視すれば年輪の数値が二分の一弱の関係だ。

ただし一番新しい三年前を見ると観測所が【32】と【16】に対して、年輪が【17】と【9】。二分の一より少し大きい。これは過去の年輪記録の減衰だろう。これくらいなら許容範囲だ。

何も言わずともミーアが平均を出して、プラスマイナスで相対化していく。

「……過去三十年、東方で起こった魔獣氾濫《モンスターフラッド》は中規模二回、小規模四回じゃ。観測所の記録を見ればわかるように、魔獣氾濫《モンスターフラッド》の五年前から魔脈が活発化を始め、三年前にピークを迎える。その後、二年間の減少。そして魔獣氾濫《モンスターフラッド》の発生じゃ。そして、今回の年輪じゃが、ここに対応する場所がある」

黒い紙には三目盛り分、だんだんと黒くなっていく帯が見えた。

「リカルドくんの言ったとおりになっています」

アルフィーナは綺麗《きれい》な瞳を見張って俺を見る。このお姫様は感情が露《あらわ》になると、ちょっと反応が無邪気になるんだよな。

「過去数十年の魔脈活動を一望する測定法。本当にできおったか。お主は一体何者じゃ」

さっきまで新しい玩具を楽しむようだったフルシーだが、今俺を見る目は鋭くなっている。

「運が良かったんですよ。正直いってここまで綺麗なデータになるとは思っていませんでした。それに何よりも、明確に予想可能なパターンを見いだした館長の功績です」

俺は頬を引きつらせながら答えた。まさか異世界知識とは言えない。予言よりも胡散臭《うさんくさ》いじゃないか。

それに正真正銘の本音だ。魔力の性質がこうも綺麗でなければおそらく不可能な測定だった。少なくとも結果が出るまで何年もの研究が必要だったはずだ。

そして、いかなる理論も正確なデータの積み重ねがない限り絵に描いた餅。それがうまくいくかどうか誰も知らないときから地道に技術を磨き測定を続けてきた人間の、それこそ何十年の努力があってこそだ。

それに比べれば俺の知識は所詮借り物にすぎない。

この部屋の隣にある施設を意識する。そこの数百倍、数万倍、いや付属のコンピュータ端末を含めると、数億倍を超える知識が収められていた元の世界の図書館を思い出す。俺が知っているのはその中のごくわずか、理解だって専門家に比べれば浅い。

それでも知識の力は極めて強力だという事実の証明にすぎない。

「ふん。……さて、年輪から得られた、東方の五年前までの数値がこれじゃ。大きな変動はない。今日の実験だけで、今年魔獣氾濫《モンスターフラッド》は起こらないと予測できるということじゃな。もちろん、東方の場合、観測所のデータの裏書にすぎん。じゃが……」

フルシーの目が、俺が手に持った包みに突き刺さる。そう、ここには未知の情報がある。そしてそれは、西方の魔力変動のパターンという学術的な記録には留《とど》まらず、もっと深刻な意味を持つ。

俺はアルフィーナとうなずき合う。二人で切り出したサンプルをフルシーに渡した。

いよいよ本番だ。部屋の空気がすっと冷えたような錯覚を抱く。さっきはまったく表情を変えなかったミーアも小さく喉を鳴らした。

フルシーは樹皮とは反対側、古い年代から測定を始める。測定が終わると装置からゆっくりと感魔紙が剝がされていく。

白い抜けが紙の上に現れる。焦《じ》らすように俺たちの目に測定結果が伸びていく。だが、先ほどのサンプルならパターンが見え始める部分になっても紙は白いままだ。

そして白一色の帯は唐突に黒に戻った。俺は紙を凝視した。だが、そこには何の、微《かす》かな曇りすら見えない。

さっきまで順調にいっていただけに、頭の中が測定結果のように真っ白になる。

魔脈の変動は起こってないのか……。予言が告げる災厄は魔獣氾濫《モンスターフラッド》ではないのか。次の仮説を検討しなければならないのだろうか。いやそもそも予言は……。頭の中に疑問が渦を巻く。

「おかしいのう。まったく変動がないというのも不自然じゃが。そなたちゃんと……」

フルシーはそう言いながら測定器を確認する。

「しまった！　感度を戻してなかった」

「おい、じい……頼みますよ館長」

フルシーは頭をかくと大小の球の位置を調整した。レイリア村の年輪がもう一度測定器を通過した。サンプルが離れ、測定結果が剝がされた。やはり、真っ白……。いや、微かに陰りはある。

三十年以上前からずっと続く明るい灰色の細長い長方形、その末端近くに一ヵ所だけの黒いシミのようなものがある。

「よし、もう少し調整するぞ」

三度目の正直。フルシーは「ふう」と息を吐いて棒を置いた。現れたのは、俺たちが望んでいた、望むべからざる結果だった。

完全に白く抜けている幹の中心部、よく見れば微かに波打っている中間部。

そして樹皮から少しだけ離れた場所に、一つだけある黒い帯。フルシーが震える指で東西の二枚の測定結果を並べた。

比較するとはっきりとわかる。東方に比べ西方の魔力は確かに安定している。ただし、それは五年前までの話だ。

今から四年前にわずかに陰りが現れ、三年前、二年前とそれが濃くなっていく。そして、一年前は白に近い色に戻った。もちろん、今年のデータは不完全だ。だが少なくとも影は見えない。

俺たち四人は一斉に息をのんだ。

「この感度で標準をつくり直すが。数値化するまでもないじゃろう。予兆が現れておる。おそらくは今年……」

風もないのに、ランプの光が揺らいだ気がした。

「西方で大いなる災い、魔獣氾濫《モンスターフラッド》が発生する、ということですね」

俺は結論を口にした。実験が成功したという昂揚《こうよう》など、ほんの一瞬だった。

二人の少女も沈黙したままだ。一人は、生まれ故郷を襲う災害、もう一人は、自分の見た恐ろしい光景が実現する証拠を見せられたのだ。

あの樹木が積み重ねてきた数十年の記録。細い木の棒が映し出したグレースケールの地味な模様。

神秘的で曖昧なイメージから数値へ。それは予言が予測へと姿を変えた瞬間だった。

第13話

予測から政治へ

実験室は重い沈黙に包まれていた。全員が口をつぐんだまま、一言もしゃべらない。実験に成功したのに、いや成功したからこその沈黙だ。

一番ショックを受けているのは、予言というものに現実感が薄かった俺かもしれない。

数日前に見たばかりの長閑《のどか》な村の姿が脳裏に蘇《よみがえ》る。今すぐにでも村に戻り、避難の準備を進めたい……。

「そ、そうです、早くこの事実を公表して、村の皆さんに避難を……」

沈黙を破ってアルフィーナが立ち上がった。彼女の必死な表情で頭が冷えた。俺は呼吸を落ち着けてから、口を開く。

「落ち着いてくださいアルフィーナ様」

「リカルドくん、でも……」

魔獣氾濫《モンスターフラッド》を予測したのは貴方《あなた》なのに、アルフィーナの顔にそう書いてある。確かに今、俺たちの仮説である「西方で魔獣氾濫《モンスターフラッド》の発生」が立証された。

アルフィーナ一人しか見えなかった予言の災厄を、客観的で目に見える予測に変えた。正直言って、ここまで綺麗《きれい》な結果が出るとは思わなかった。それほどうまくいったのだ。ここまでは。

一筋縄ではいかないのはここからだ。

自然は素直だ。少なくとも素直に語ってくれる範囲では。魔獣は魔力のパターンに素直に反応するだろう。たとえこれまで魔獣氾濫《モンスターフラッド》が起こっていないとしても。だが、同じものを見て人間はどう反応する？

誰にでも見える客観的なデータ？　とんでもない。

「予兆が確定したら騎士団の派遣が決まり、発生前に潰される、ですよね。……東方では」

俺の言葉に、フルシーは己の額を二度、指で叩《たた》いた。

「そうじゃ、群れが統制をとって平地に向かうには中核となる上位個体が必要じゃ。これを排除できれば、魔獣は共食いを始める。氾濫する前に群れを崩壊させることができる」

なるほどアルファオスみたいなのがいて、それが群れを新天地、西へと誘導するわけか。となるとそれを潰されたら、飢餓という極限状態で次のアルファオスの座を巡る闘争が暴走するという感じだろうか。

まあ、今は専門外の動物学的考察は置いておこう。問題は巨大な狼《おおかみ》ではなく賢い猿、つまり人間の群れの場合だ。俺は俺たちの群れのアルファオスとそれを囲む組織を思い浮かべた。

「国軍の中核である第二騎士団の派遣となれば、勅命という形をとるのでしょうね」

フルシーはうなずいた。

第二騎士団は軍縮後の国家の最大戦力集団だ。それが、遠く東の端まで行く。かかる費用や、国内の戦力が偏ったときの不慮の事態への備え。それは当然、国家の最高意思決定を経ることになる。というかそうでなければ困る。

だが、それは意思決定に影響を与えるのがとんでもなく困難かつ時間が掛かることを意味する。

「東方の観測所でこの予兆が出れば、何の問題もなく騎士団の派遣が決まるじゃろう。だが、今では当たり前になった騎士団の派遣も、最初に決まるまでは、二度の被害が必要だったのじゃ」

老人はいかなる感情もうかがえない、平坦《へいたん》な口調で言った。そして、わずかに皺《しわ》が増した目が孫娘のような少女に一度だけ移動した。

「前例のない場所で、前例のない方法による予測。東方と同じように評価されるわけがない、ですね」

「そんな。こんなにはっきりしているのですよ」

このまま行けば、予言の中と同じ気持ちを味わうことになる少女がすがるように老人を見た。

「この測定結果が間違いないことを保証することは約束しよう。たとえそれが誰相手であってもな。だが、王宮にとって儂は隠居した老人にすぎん。つまり、正式な手続きを経ようとすれば、一番下から報告が上がっていくことになる。早くて半年は掛かる。その間に一度も却下されなかったとしてもな」

魔獣氾濫《モンスターフラッド》の権威、フルシーのお墨付きは重要だ。それがなければ正真正銘の学生の自由研究だ。だが、それはあくまで実験結果のお墨付きだ。災厄の発生に間に合うように国家中枢を動かすには決定的に足りない。

科学技術に信頼が置かれていた前の世界で、地震予測の画期的方法が発見されたとしよう。専門家が発見者を賞賛するだろう。学会でも大きな話題になるだろう。だが、それが立法を経て行政を動かすまでどれだけ掛かるか。

半年というのも、楽観的すぎる予想だろう。そして半年後には、レンゲの花はとっくに散っている。

実はさらに一つ不安要素があるのだが、今はそれはいい。まずは国家を動かすためにどうするかだ。最高意思決定までのショートカットが必要だ。それもかなり。今日が五月十二日。レンゲと小麦の実りから、災厄の光景が八月半ばとすれば、来月半ばには遠征が決定、再来月には討伐が終わってないとまずい。

俺はこの場に集った面々を見た。予言の解析と検証までは理想的なチームだった。ところが、肝心の対策を実行する点においては最悪のメンバーだ。

というか一人を除いて学生なんだが……。

「私が陛下に進言します。何としてでも聞いていただくのが私の――」

「逆効果でしょうね」

アルフィーナの決意に満ちた表情を、俺は一瞬で打ち砕いた。予言のせいでうとまれている彼女の直言は、王宮を逆方向に硬化させかねない。春の祭典と同じことをしてもダメなんだ。

「アルフィーナ様。これはもう予言ではないのです。予測です。ここにいる全員で作り上げた予測なのです」

「そうです、皆さんのおかげでここまで。だからこそ、私には何としてもそれを国王陛下に伝える責任があります」

アルフィーナは必死に訴える。俺は首を振った。

彼女はもう十分に役割を果たした。今後のことを考えるとこれ以上リスクをとってほしくない。これは俺の感覚が甘いのかもしれないが、彼女はまだ学生だ。偽物の俺とは違って正真正銘の。もちろんミーアもだ。今の状況では彼女の名前だけでも上に伝わっては困る。

「策士を気取った先輩の言い方は、誤解を招きますよ」

「そうじゃな。小僧はこう言っておるのよ。予言ではないのだから、もう姫一人で背負わなくていい、とな」

「リカルドくん……」

アルフィーナの目が大きく見開かれた。まずい、守られるのがお仕事みたいな人が浮かべちゃいけない表情になっている。

「いやいや、それこそ誤解、勘違いですよ」

姫君を守るナイトなんて商人の提供するサービスじゃない。無理な業務拡大は客と共倒れになる。フルシーの解釈に至っては論外だ、そんなかっこいい台詞《せりふ》が言えるなら前の世界でももっと……。

「いいですか、私の言いたいのはですね。予測は予言と違う扱いが可能だということです。持っていき方によっては、広く危機感を共有できる可能性がある、そういう話です。まあ、よほど吟味した相手に、よっぽどうまく伝えればですが」

俺は忙しく両手を動かしながら、方向修正を試みた。

放っておけばヴィンダーの商売その他が致命傷を受けるこの状況で、足りないことを嘆く余裕はない。第一、これからは実行のフェーズだ。仮に多くのことができても、人が一度にできる行動は一つ。

そして、その一つが問題解決に対して十分なら、それでいいのだ。どれだけ巨大な問題でも急所はある。この場合は、説得すべきキーパーソンだ。

「利害を共有できるという観点から、西方に領地を持つ有力貴族が候補集団です。その中で館長、またはアルフィーナ様の言葉に最低限耳を傾ける相手。論理的な話が通じることが条件で。前例を覆すことを恐れない実行力を持つことが重要です」

条件を挙げていく間に、顔がこわばり始める。たった一人見つけるのすらきつそうな条件だ。この国のエスタブリッシュメントに不足している要素ばかりだ。

案の定、フルシーが首をひねった。ミーアも黙っている。俺の人脈などこの二人以下だ。沈黙が澱《おり》のように部屋の空間を下から埋めていく。俺、ミーア、フルシーの視線がテーブルに落ちたときだった。

「あの、この話が終わった後に渡そうと思ってたのですが」

アルフィーナが突然白い封書を取り出した。封蝋《ふうろう》で閉じられた正式な形式の書状だ。紋章はこの前一泊した西部の中心都市の城門のものと同じ。宛名は……俺⁉

「叔母上がこの前のことで聞きたいことがあるからと」

「この前というと、アルフィーナ様が無理やり先輩と旅行に行ったときのことでしょうか」

ミーアの視線が尖《とが》った。

「旅行じゃない仕事だ。道中はジェイコブも一緒だったし、村の中でだって今回のサンプル採取しかしてないから。それよりも、この内容を確認しないとだな。うん」

俺は慌てて封を開いた。思ったより平易な文に目を通していく。もちろん、易しいのは文章作法だけで、内容は招待という形をとった召喚だ。

「あの、これ日付が明後日になっているんだけど。大貴族って時間に余裕を持つのが普通じゃないのか。慌てて呼びつけると、焦っているみたいで格式に関わる、みたいな」

「叔母上はあまりそういうことは気にしないのです」

救いを求めるようにアルフィーナを見た。差出人の姪《めい》は少し困った顔で微笑《ほほえ》んだ。気にしてほしいのはこちらなんだけど。

「いや、でも、こっちだって予定というものが、この魔獣氾濫《モンスターフラッド》の対処でとてもじゃないけど……」

絶対行きたくないとは言えない俺は、大義名分にしがみつく。

「先ほどお前が挙げた条件。ベルトルド大公ならうってつけじゃな」

フルシーの言葉に頭を殴られたような衝撃を受けた。春の祭典で国王の一段だけ下にいたアルフィーナの後見人。偉い人すぎるから無意識で除外していた。

引きつった目でテーブルの手紙を見る。

なるほど、この招待状は好都合。いや、カモネギといってもよい。だが、仮に大公がネギをしょったカモだとしても、こちらがまな板の鯉《こい》の場合は？　カモは持参した薬味《ネギ》で刺身を作るだけでは？　泥臭い平民でも優秀な薬味があれば美味《おい》しく食べちゃえるのでは？

「大丈夫です。レイリア村に行く前にリカルドくんの話をしたら、とても興味を持ってくれました」

それは大丈夫じゃないやつでしょ。あの二台の馬車って、外からお姫様を守るためだけじゃなくて、俺に対する威嚇だったんじゃないか？

「なかなか難物じゃからなあ。これは、推薦状の文句を練らねばならんな……」

フルシーが言った。協力的に見えるが、押し付けるってことだろ。

「初対面のお偉いさんにプレゼンなんて無理ですから。やっぱりここは年の功で館長がやるべきでは？」

「招待されたのはお主じゃからな。……うむ、書き出しが決まった。『ここ十年の学生の中では傑出した』としよう。まあ、この文句は社交辞令で、付いてないとダメなくらいじゃが……」

俺はこの爺《じい》さんが十年間で指導した学生の数がそもそも知りたい。

「先輩、必要なデータと図表の形式を指示してください」

ミーアも当たり前のようにデータの整理を始めた。

「私が責任を持って紹介します。リカルドくんがどれだけすごいかわかってもらえれば大丈夫です」

アルフィーナが俺の腕に手を掛けて、励ますように言った。

*

「つまり。最も大事なことは情報が示す……いやダメだ。情報って言葉はむしろ情報の価値を軽く見せてしまう。ええっと、相手は大公、女性、アルフィーナの叔母、どれだと想定する？　ああ、それとプレゼンの後に出てくる問題も……。ダメだダメだ問題を複数混ぜている場合か」

帰宅後、プレゼンのアウトラインをこね回していた。気がついたら、窓の外は真っ暗だ。

本来ならマナーの勉強からしなければいけないところだが。とても間に合わない。お姫様のサポートに丸投げする。作法じゃなくて、俺が失敗した後の命乞いをだけど。

俺はあくまで内容で勝負をする。……これ、プレゼンを失敗する人間の決まり文句だよな。

「そろそろ日付が変わるころかな。正確な時間がわからないのが不便なんだよな」

俺が蠟燭《ろうそく》の長さにため息をついたときだった。

コンコン。

「んっ、こんな時間になんだ？」

振り向くと、扉が開いてミーアが入ってきた。蠟燭灯《あか》りでは顔色はわからないが、表情にいつもの冷静さはない。

「先輩。ジェイコブが報告があると」

「ジェイコブ？　ジェイコブは義父《おやじ》さんと一緒にレイリアだろ」

義父は出張中だ。実験により災厄が確定したのは今日だが、その前に動いてもらっていた。今俺は国を動かす人間を動かすプレゼンを練っているが、当然、動かせなかった場合も想定する。

義父は避難用の物資を村に届け終わって、今ごろは帰路のはずだ。

「まさか、義父さんに何かあったのか」

ミーアに続いて入ってきたジェイコブに慌てて聞いた。俺の出張のとき、途中までつけてきた馬車が脳裏に蘇る。

「いいえ、会長は無事ですよ。というか、俺たちがターゲットじゃなかった」

「どういうことだ？」

俺の疑問に、ミーアとジェイコブが視線を交わす。

「村の子供の一人が、見知らぬ男にさらわれかけた。幸いというか、俺たちが居合わせて事なきを得た。その男はベルトルドでもウチについて嗅ぎまわっていたらしい。今回運んだ物資は、農村への行商というには規模がちょっと大きかったからな、そこら辺から情報が漏れたんだろ」

確かに、農村に食料を運ぶというのは本来の逆だ。

前回はお忍びの姫君の忍んでない護衛にびびったみたいだが、あきらめず次の機会を狙っていたわけか。

王都から遠く離れた小さな村への零細商会の行商に、それだけの費用を掛けて執着するのは……。そもそも、俺が学院を休むことをいち早く知ることができるのは？　そして、食料の売買の情報を容易に入手できるのは!!

「ドレファノか。ドレファノだな」

答えが浮かぶとともに、一瞬で頭に血が上った。置いていた羽根ペンが空を舞い、床に落ちた。机に拳を打ち付けていたらしい。

「落ち着いてください先輩」

ミーアがペンを拾い、インクをぬぐってから俺に差し出した。

「落ち着けるか。今回はたまたま被害が出なかったけど！」

「先輩」

ミーアが俺の前にペンを置いた。ペンは俺の精神安定のシンボルだ。心が乱れて脳内にまともな思考を描けなくなっても、紙とペンがあれば建設的思考を保てるからだ。脳に脳はコントロールできないが、ペンを握る腕の動きはコントロールできる。

それでも限度がある。例えば、今の震えた手では文字は書けないな。

「わかっている。冷静にだな」

俺は無理やり心を落ち着かせた。村の子供ということは、俺よりもずっとミーアのほうが心配しているはずだ。

「そうだ、わかっている。不思議なことは何も起こっていない」

大口商談でおとなしかったとはいえ、ドレファノは敵だ。敵が敵対的行動をしたことに動揺するのはアホだ。怒ってもいいが、驚くことは許されない。それじゃ、何も守れない。

「……後ろはどこまでわかった？　義父さんはなんて言っている」

まずは情報の確認をする。ドレファノ本体が直接動くことはありえない。

「会長はベルトルドに留《とど》まって物資を仕入れた経路を遡《さかのぼ》っている。男は装備や技術から俺たちみたいな兵士崩れだ。ベルトルドはウチの拠点だったから、いろいろと伝《つて》がある。レミが調べれば何か出るだろう。王都は俺に任せてくれ。これでも顔は広いほうだ」

ジェイコブたちも小商会が雇うには考えられないほどの腕利きだ。今はそれを信じるしかない。

「金はいくら使っても……、とはいかないが今年の予算は使いきっていい。尻尾じゃなくて大本まで確認してくれ」

「そう言ってくれると思ったぜ。こっちの伝にうまい酒を奢《おご》ってやろう」

「ミーアはジェイコブの手伝いに回ってくれ。ただし、情報の整理に留めて、絶対に一人で外には出るな」

「わかりました。ジェイコブさん、ドレファノと関係悪化中のケンドールの周囲もお願いします。私のほうで幾つか候補があります」

「了解だ」

二人は話し合いながら、ドアを出ていく。それを確認して、俺はもう一度ペンを握りしめた。もう子供の喧嘩《けんか》じゃない。あのお坊ちゃまのことなんてどうでもいい。ターゲットは父親だ。

実害が出なかったとかは関係ない。こちらの身内に手を出した時点で一線を越えたという判断をする。

絶対に許さない。許されないでも、許されるべきではない、でもない。実際に許さない。

俺は〝理想〟と〝現実〟を混同したりしない。卑劣な人間を天が罰してくれる世界を求めたりはしない。そんな願いに使う時間の余裕は弱者にはない。

弱者が願っている間に、強者は行動する。差が開くだけだ。

「だがなドレファノ」

俺は城壁とは反対側の窓を見た。王都の中央通りのさらに向こうにある大商店の方向だ。

「お前は混同したぞ。〝現実〟と〝理想〟をな」

心が冷え、ペンを握る手の震えが止まった。さて、プレゼンの後のことを考えないとな。一つ組み込まないといけないことができた。

第14話

プレゼン

赤いレンガで組まれた暖炉が壁からつきだし、その上に絵皿が飾られている。なめらかな石の壁には冬の草原を駆ける騎士の絵が掛かっている。天井には青銅の燭台《しょくだい》。暖炉よりに置かれた長方形のテーブルは分厚い木製だ。

王宮の東西を挟むように建つ二つの大邸宅。その西側の一つ、ベルトルド大公邸に来ていた。

通されたのは二階の小さな一室。俺とアルフィーナはテーブルの同じ側に腰掛け、屋敷《やしき》の主《あるじ》の登場を待っていた。

二人とも制服だ。学院から直行している形だ。大公邸にふさわしい服装なんて、一日二日でどうこうなるものではない。二度と来る予定などない俺にとってはなおさらだ。

下級生の侍女さんが、侍女の格好でお茶を淹《い》れてくれる。まるでお客さんみたいだな。彼女はアルフィーナに見えないように俺を冷たい目で射てから退室した。

一瞬だが、出されたお茶に手をつけるのが恐《こわ》いくらいの迫力だった。やっぱりお客さんではないな。まあ、こっちだってそのつもりはないけど。

横に座るアルフィーナを見る。俺とは逆で、いつもより自然体に見える。彼女にとっては文字どおりのホームだ。隣の隣の隣の向かいが私室らしい。一体何部屋あるんだって話だ。

出されたお茶の葉の等級とか、この部屋の格とかが知りたいところだ。形だけでも歓迎されているのか、あるいはお前なんかこの部屋で十分だと言われているのかわからない。

俺の目から見たら十分高級な部屋だが、この手の贅沢《ぜいたく》空間は収穫逓減《ていげん》がひどいのだ。費用を倍にしても素人には違いがわからない。調度その他にあまり個性は感じられない。質実剛健な感じの雰囲気には女性当主の色はない。

とにかく向こうの思惑が知れない。

「お口に合いませんか？　シアはお茶を淹れるのが得意で、今日もぜひ自分にと」

同級生は口をつけていたカップをテーブルに置いて、小首を傾《かし》げた。俺とは上品さが違う。動作一つ一つが、この部屋に自然に馴染《なじ》むのだ。なるほど、この部屋の格は高いとわかった。

というか、さっきのはやっぱり志願ですか。屋敷にたくさんいるメイドさんの中で、あえて学院の学生同士でもある彼女にさせるのは本来趣味が悪いもんな。

「大貴族相手の振る舞いなんてまったくわからないから。無礼でもやらかしたらと思うと、緊張します」

それをお姫様に言うのもなんだかなと思いながらも、無理してカップに手を伸ばした。だが、俺の指は持ち手に触れる前に止まった。皿の横に添えられている砂糖ならぬ、蜂蜜に気がついたのだ。淡い色合いには大いに見覚えがある。すごく歓迎されている……。

間違いなくやっかいな相手だ。自分は十分な準備を整えて、こっちには準備の余裕を与えずに呼び出す。無害なド平民相手に油断なしとか大人げなさすぎる。

「そんなに緊張しなくても。リカルドくんはお客様ですし。叔母上は優しいお方ですから」

貴女様《あなたさま》がそうおっしゃられるのであればそうなのでございましょうね、貴女様にとっては。

心の声まで敬語仕様になっている。

「話す内容も内容ですし」

俺は脇に抱えたプレゼン資料をテーブルに置いた。

「確かにそうですね。頼りないかもしれませんけど、私も精一杯お手伝いします」

アルフィーナが励ますように俺の手に自分の手を重ねた。スキンシップはずるい。ホームの彼女はいつもよりも包容力が感じられて、こわばった心が落ち着いていく……。血の気が引いていた指先にゆっくりと温かさが戻っていくのが心地よい、そう思ったときだった。

「待たせたな」

唐突にドアが開いた。アルフィーナが慌てて手を離した。入ってきたのは、年配の侍女と執事を伴った貴婦人だ。金髪を螺旋《らせんじょう》状に束ねて肩口から垂らしている。立ち上がろうとした俺たちを手で制し、ずんずんと大股で歩き、暖炉を背にして俺たちの正面に座った。

ドレスの女傑は侍女から受け取った羽扇を手に、俺たちに、というか俺と向かい合った。雰囲気としてはフランス革命で処刑されそうになって、でも切り抜けましたという感じだ。

これがベルトルド大公エウフィリア。アルフィーナの後見人にして叔母か。三十代前半と聞いていたが、二十代半ばにしか見えない。

「よく来てくれたな。まずは、この前は姪《めい》が世話になった。礼を言わねばな」

「滅相もございません。王女殿下の案内役を仰せつかるなど、身に余る光栄でございます」

お前に押し付けられたんだからな。門限までにちゃんと帰したのだし、やましいところなど何もないぞ。まったく笑っていないように見える目に対して、心の中で吠《ほ》えた。負け犬の遠吠えは、まだ相手に聞こえるだけ立派だ。

「うむ、姪はいささか箱入りの度合いが強すぎてな。妾《わらわ》も心配しておったのじゃ。多少の火遊びくらい経験しておかんとのう」

女大公は羽扇を半分開くと、口元を隠して言った。

「へっ⁉」

俺は手を伸ばしかけたカップを倒しそうになる。その火遊び、相手したほうは花火みたいに弾《はじ》けて消えるんじゃないのか。

「お、叔母上⁉」

アルフィーナも口を覆うと慌ててカップを置いた。

「うん？　そうではないのか。このおとなしいアルフィーナが妾をダシに逢引《あいびき》などとは成長したものじゃ」

「大公閣下。ご冗談にも程がありましょう。私は商会の仕事と、今日ご説明する資料の採取で手一杯。王女殿下にはそれをずっと手伝っていただいておりました」

「行き帰りの馬車ではどうじゃ。中にいたのは二人だけじゃろうが」

やっぱりあの馬車は護衛的なものだったか。まあ、これは予想の範囲だ。

「私など王女殿下の同級生というだけでも恐れ多いこととわきまえております」

どうも兄枠みたいだしな。まあ、アルフィーナがどんなつもりでも、向こうが問題にしているのは俺がどんなつもりかだけだろうけど。

「ほう、あの偏屈者の紹介状には、身分など毛程の価値もおかぬ生意気な小僧だと書いてあるぞ」

あの爺《じじい》。万全の推薦状とは何だったのか。こちらの命の危機を遊び心で演出されたら、たまらないぞ。

「それに、アルフィーナ自身も、王女として扱われないことを喜んでおったではないか」

「そ、それは、リカルドくんが私の立場とかではなく、ちゃんと話を聞いてくれたことを感謝しているという意味で……」

アルフィーナは頰を染めてしまった。まずいな、周りの人間がよってたかって俺の本性を証言している。

「王女殿下は巫女姫《みこひめ》としてのお役目を果たそうと、災厄についての知識を求められておりました。

その知識をたまたまフルシー館長と私が持っていたというだけのことでございます」

「ほう、ではその知識を無償で提供した理由は？」

「我が商会にとって、今から説明する災厄の地には大事な取引先がございます。吹けば飛ぶような小商会なれば、商売相手を一つ失うことも存亡に関わります」

蜂蜜の瓶の蓋を取り、たっぷりとスプーンに掬《すく》ってからカップに投下した。王女への忠誠なんて気取るつもりは毛頭ない。同級生に対する友情もだ。俺と彼女、俺と目の前の女性の持っているものの大きさの違いを考えれば、信用されるわけがない。俺なら絶対そんな人間は信じない。

「あくまで利害のためと申すか」

「はい、そして今回に限り私の利害は大公閣下のそれとも繫《つな》がると考えております」

俺が強調するのは俺の利害、そしてベルトルドの領主であるこの女性にも絡む利害だ。この一点に関して、俺は堂々と主張できる。それが正しいからではない、単に事実だからだ。

「大きく出たな」

「学生の身でございますれば、師の推薦状に背くことはできません」

推薦者に責任を被《かぶ》せてやった。

「では、本題に移ろう。我が領地に迫る危機の話だったな。アルフィーナの予言。西方からもたらされる災厄が実際に発生する。それが其方《そのほう》らの主張であることはわかっておるが。魔獣氾濫《モンスターフラッド》とはにわかには信じがたい話じゃな」

エウフィリアは表情を改めた。さっきまでの姪をからかう叔母の仮面が消えている。まあ、そうだろうな。俺が姪にとって危険か否かなんて、今からする話題が最大の判断材料だ。

「では、我々がその結論に至った経緯を説明させていただきます。ご判断はその後、閣下ご自身で下されますよう」

「むろんそのつもりじゃ。我が領地、ひいては王国の大事を、小僧一人の言葉で決めるわけがあるまい」

大公の目が細められる。眼光が鋭さを増した。統治者の威圧感とでもいうのだろうか。何千何万という人間の運命を日常的に背負っている人間のまとう空気。元の世界も含めその手の人間に一度も対したことがない俺にすら伝わる。

いよいよここからが本番だ。だが交渉なら、望むところだ。なぜなら、彼女にとって重要な情報を俺が持っており、俺の必要とするものを彼女が持っている。

身分の差があろうと国家の運命や人々の命がかかっていようと、俺たち二人の現在の関係は単純化するとこうだ。

つまり、これから始まるのはいわば商談だ。商人らしくていいじゃないか。

自分を無理やりだますと、俺は持ってきた地図を開いた。

「まずアルフィーナ様が水晶から読み取られた予言の像を基に、地理と風俗を考慮して災厄の地を絞り込みました。結果、場所は王国最西部のレイリア村だと判断しました。このことは特に、アルフィーナ様ご自身に、その目で確認していただきました」

俺がアルフィーナの役割と一次情報を強調する。大公が姪を見た。アルフィーナはしっかりとうなずいてくれる。大公の視線が戻るのを確認して説明を続ける。

災厄の候補の絞り込み。魔獣氾濫《モンスターフラッド》という仮説を立て、専門家であるフルシーと検討。そして検証のための実験。論理展開の各段階でポイントを一つに絞ることを意識して、根拠と結論で挟んでいく。

情報のサンドイッチだ。短い時間で食べやすい。できる人間ほど、根拠と結論の間が長いと不信を抱くものだ。

合間合間で口を止め、反応をうかがう。大公は口元を羽扇で覆ったまま表情を読ませない。ミーアの整理した降雨量と収穫量の図に、わずかに眉を動かした程度だ。

「では、最後に。これが東方で魔獣氾濫《モンスターフラッド》が起こったときの年輪の魔力記録。そして……」

俺は一番大事な資料を取り出した。

「ここ数年間の西方における同様の魔力の記録です」

ミーアが作ったグラフを二つ並べ、俺は言葉を切った。結論は向こうに出させる。これが商品のコンペなら、つまり相手がお客様なら結論はこちらが口にしなければならない。だが、今回はそうではない。

選ばれる複数のうちの一つじゃない。俺たちしか提供できない独占商品だ。つまり相手にあるのは買うか買わないかの二択。

エウフィリアは羽扇を閉じた。そして、俺の並べた資料を無言で見る。そして沈黙。

「叔母上、リカルドくんは信用――」

「そなたは予言についてどう思う？」

叔母が再び羽扇を手にとると姪を制した。予想外の質問だ。

「はっきり言えば、予言というものを信じているのか、ということじゃ」

「叔母上。私は確かに……」

「いえ、信じておりませんでした」

「……リカルドくん!?」

俺はあえて言った。嘘《うそ》は言っていない。ここまで確かめた今でも、どうして未来予測なんてことが可能なのか、そのメカニズムがまったく想像できない。だからこそ、予言を予測にすることに全力を注いだのだ。

「そうじゃな。実をいえば水晶を読み解ける巫女姫など少なくともここ三代以上出ておらんのじゃ。予言はな、そなたらのやったように降雨量から作る。各地の川の水量を記録しておるからな。我が領地からも二ヵ所が報告される。むろん、そなたらほど厳密な手法ではないが」

エウフィリアはさっきわずかに反応した降雨量と収穫の関係――そしてそこからの逸脱を示した散布図を見て言った。

「ちなみに、今年の予言の原案は東方西方ともに例年どおりの収穫じゃ」

「ですが、叔母上様。東方で魔獣氾濫《モンスターフラッド》が起これば予言は外れるのでは？」

「今聞いた計算では差が出ておるが、そこまで大きくはないだろう。例年どおりの収穫が少しの豊作になって誰が文句を言う？」

予言が茶番として扱われているのは、アルフィーナへの扱いを考えても明らかだ。種《タネ》があったことにむしろ感心するくらいだ。

「ところが、これはそういった茶番ではありません。今ご説明したように、純然たる予測です。つまり、予言の災厄が起こるかどうかではなく、西方で魔獣氾濫《モンスターフラッド》が起こるかどうか。大公閣下にはそれをご判断いただきたいと考えております」

ちなみに、ここまで来ると俺はアルフィーナが水晶から読み取る未来の情報が存在することに関しては、信じざるをえない。それはまた別の問題を生むのだが、今は置いておく。

微妙な立場の王家の養女の後見人として、目の前の女性のほうがずっと考えているだろうしな。

「西方山脈から魔獣氾濫《モンスターフラッド》の徴候が出ている。西方の領主の代表として、それにどう対処するか決めろ。そう言いたいわけじゃな。なるほど、本当に生意気な小僧じゃ」

大公の指が羽扇の柄を数度叩《たた》いた。

「――予想される被害は？」

「東方で討伐が無かった時代を参考に算出しています。東方の魔獣氾濫《モンスターフラッド》では小規模でも赤い森《ルーヴェル・ヴァルト》から……ここまでの範囲まで魔狼《グラオザーム》が浸透した例があります。犠牲になった村は十ヵ所を超えます。仮に西方で同規模を想定した場合、その範囲に存在する村はレイリアを含め少なく見積もっても二十五に達します。何しろ魔獣氾濫《モンスターフラッド》を前提にしていませんからね。そして、より大規模となればベルトルドに到達する可能性も否定できません。城壁に守られたベルトルドはともかく、周囲の村は無事では済まないでしょう」

大組織との交渉において大事なのは、交渉相手〝本人〟の利害だ。交渉する組織全体の利害とは別に存在する。なぜなら、交渉相手は往々にしてその組織の中の一部の代表だからだ。仮に相手がトップでもだ。

もしごくわずかな例外、公正きわまりない変人、に当たった場合でもそれで機能する。相手は勝手に全体に敷衍《ふえん》して考えてくれるだろう。

「みなまで言わずとも良い。周囲からの食料がなくなればベルトルドこそ保《も》たんわ」

輸送に時間と労力がかかるこの世界は、海の向こうからでも食料を運べた日本とは違う。わずかでも距離が離れれば、仮に豊作の地域があっても飢えが発生しかねない。

王国に飢餓の記録がほとんどないのは、単に収穫が多いからだけではなく、それが安定しているからだ。帝国との食料の交易を国家が主管するのは、その規模にまとめて扱わなければ成り立たないからだ。

ちなみに、俺の信念は商人はその安定が崩れたときのために存在する、だ。だからって、なんで直接巻き込まれているんだろうな……。

「では、次に聞いておきたいことじゃが……」

大公は羽扇を机に置いた。必要な騎士団の規模や、出現しうる魔獣の種類などが質問される。あらかじめフルシーから聞いていた知識を基に答える。もちろん、不確定要素も多い。

「こちらの持つ情報は以上になります」

持ってきた情報の大枠はすべて吐き出させられて、プレゼンが終わった。

「……ふむ」

大公は机の上に置いた羽扇を再び持ち上げた。つばを飲む音が二つ、テーブルに響いた。

「よかろう。この結論を妾も共有しよう。当然、王国にも共有させるように動く」

「ありがとうございます叔母上」「ありがとうございます大公閣下」

アルフィーナが歓喜の声を上げた。俺も素直に頭を下げた。さすがにほっとする。あとはこのまま帰れればだが……。

「春の祭典で暴走したときには肝が冷えたが、アルフィーナはよく頑張った。そなたの言葉に耳を傾けなかったのは妾の不明であった」

叔母は羽扇を広げて姪を褒《ほ》めた。うんうん、間違いなく彼女は頑張った。

「そんな。これは全部リカルドくんが私を導いてくれたからです」

同級生の過大評価に俺の保身アラームが突然鳴り始めた。

「とんでもない。自らのお立場を顧みず、お役目を果たそうとしたアルフィーナ様。魔獣氾濫《モンスターフラッド》を予測する理論を打ち立てた館長の長年の研究が――」

「そうじゃ、残った問題はそこよな」

羽扇を閉じる音で、俺の言葉は中断させられた。

「そなたの話はよおく理解できたぞ。じゃが、十五、六の平民の小僧がどうやって今の話を作れる。これはどうにも理解できん話じゃ」

わざとらしく羽扇の先端を自分の眉間に当てて、大貴族は首を振った。……まあそうなる。この問題は不可避だ。何しろ大公にプレゼンを理解できる能力があれば、自動的に発生する問題だからだ。

第15話

大きな葛籠《つづら》と小さな葛籠

さっきまで、ある種の優雅さを忘れなかった女貴族は、今はまったく笑っていない。芝居がかった言葉は、自分の表情をこちらからそらすため。つまり、目の前で俺の生殺与奪を握っている大権力者が、俺に対して警戒以上の感情を抱いているのだ。

「ああ、勘違いをする必要はないぞ。そなたが誰かの鸚鵡《おうむ》役と言っているのではない。アルフィーナから経緯を聞けばそうでないことは明白じゃ。どうして其方《そのほう》にはこんなことが可能なのかと聞いているのだ」

面接で「志望動機はなんですか」くらい当然の質問だ。幾つかパターンは用意していた。言葉がうまく出てこないのは、大公がいかなるごまかしも通じないと、無言で示しているからだ。

問われているのが俺の頭の中にある知識なら、いくらでも答えようがある。だが、俺自身のありようを問われたとき、それは無力だ。

というか、俺自身どうしてこっちに来たのかわかってないんだ。

「年輪を用いた方法に関しては、本で知識を知ったとしか言いようがありません」

「知識一つで、宮廷魔術師の数十年の経験を超えて見せたと？　徴税のごまかしという貴族たちの二百年以上の問題を暴いたと？　其方、魔力の資質はまったくないそうではないか」

もちろん向こうは冷笑だ。こちらに寒気を感じさせるだけでなく、向こうも同じような感覚を味わっているのかな。本当に恐怖だ。おかげで、舌が凍り付いたように動かない。

「聞き方を変えるとしよう。この功績に対してどんな褒美を望む？　妾《わらわ》としては、正当に評価できぬなら殺してしまうしかないほどの功績と思うが」

冷や汗が背中でダウンヒルを始めた。俺に向けた羽扇の先が顎《あご》の下を指すのだから恐ろしい。置物のように微動だにしないと思っていた執事が、いつの間にか俺の後ろに立っていることに気がつく。

「叔母上、ご冗談が過ぎます。ご褒美の話なのですよね」

「己の商売を守る。それ以外に何を望む？」

アルフィーナは胸の前でギュッと両手を握って後見人に逆らう。だが、大公は意に介さない。そもそも、褒美の話なんか今する必要はない。

これは、最初の面接の続きなのだ。アルフィーナの側にいる人間というだけでなく、王国に存在していい人間かどうかの面接である。

フルシーの持っていた科学リテラシーとは違うが、この大貴族は知識が力だということを理解している。だから俺たちの説明を受けいれた。ならば身の丈に合わない知識を持つ俺の危険性について当然考える。

「そんな簡単に現代知識の応用ができたら苦労しない」そう言ってしまいたいが、今の状況では何の説得力もない。

だから、アルフィーナは間違っている。褒美をやろうなんて寛大な言葉では断じてない。この答え次第で、問題が解決した後の俺の運命が決まるのだ。

舌切り雀《すずめ》の昔話が脳裏に蘇《よみがえ》る。

あれって、優しいお爺《じい》さんが大きな葛籠を選んだらどうなってたんだろうな。いくら善行を積んでも、たった一つの選択ミスで人生破滅しますよ、って教訓話になるのかな？

この場合、昔話と違って小さいほうを選べば解決ではない。葛籠が小さければ向こうの猜疑心《さいぎしん》が大きくなる仕組みになっている。ちなみに大きな葛籠を選んだ場合、その大きさに向こうの警戒心が比例する。詰んでるじゃねーか。

「どうした？　答えは聞かせてもらえんのか」

向こうの目に映る俺は、得体のしれない異質な存在だ。わからないというのはそれだけで警戒の対象。人畜無害アピールなど逆効果だ。実際問題として、現在の俺は無害な存在なんだが、それは俺しか知らないこと。

客観的に見れば、今の俺に警戒しない人間に、国家の運営はしてほしくない。大公の警戒心は、俺にとっては理不尽で不当だが、まったく不思議ではないのだ。

「普通の人間はな、己の今の生活を守ることを第一に考える。そのためにおのずと視野を狭める。起こるか起こらないかわからない災厄などという問題は、信じるか、信じないかの二択じゃ。そなた、アルフィーナに協力したのは自分の小さな商売を守るためと言ったな」

大公の目がすっと細まった。

「そんな人間にあの絵は描けん」

……ああもう、的確に勝手なことばっか言いやがって。だけど、それはあくまでそちらの一方的な判断にすぎない。不思議じゃないけど、だからってこっちに受けいれる理由はない。

舌じゃなくて首を鋏《はさみ》でちょん切りそうなこの女性に対して、適切な大きさの葛籠を選びきってやろうじゃないか。

「実をいうと欲しいものが三つもあるんですけど。いいですか？」

原案は用意してきている。本当は二つだったんだけど、あることのせいで増えたのだ。

「聞こう」

「一つ目は、災厄を解決した後のレイリア村の扱いです。ある形で保護していただきたい」

魔獣氾濫《モンスターフラッド》により、あの村は少なからず注目される。最低でも、騎士団の行き来で中央の人間の目に触れる。そして、先日の誘拐未遂。これまでのように、秘密を守るでは通じない。文字どおりの意味で守らなければならない。

大公はカップの横に置かれた蜂蜜を指差した。

「これの産地を保護せよ。そういうわけじゃな。その形とは？」

「災厄を防ぐことができれば、アルフィーナ様の評判は高まるでしょう。王族なら与えられているはずの采地がないことが不自然に見え始めるのでは？」

王女の領地ということになれば、もはや生半可な人間は手を出せない。そういう事態になることは本来はゴメンだが、そうも言っていられなくなった。最悪の中の最善をとるしかない。

「よかろう。旧フェルバッハ領というのが問題じゃが、小さな村じゃからな。妾が管理すると言えば、王も説得できよう」

大公はうなずいた。これで大公も関わることになるが、アルフィーナに領地運営のノウハウなどあるはずないから、これはどうしようもない。しれっと蜂蜜の産地とか言っているしな。

「二つ目です。西方に派遣される騎士団は第三騎士団を推してください」

「第三騎士団は規模も小さいぞ。財政的にも帝国を刺激しないという意味でも悪くないが……」

大公は怪訝《けげん》な顔になった。第三騎士団はいわば遊軍。第二騎士団の討伐の補助もしているから、まったく経験がないわけではない。だが、魔獣氾濫《モンスターフラッド》の討伐は第二騎士団が本職だ。

レイリアを始め多くの人々の安全がかかっている今、普通なら何を置いても万全の戦力を優先するべきだ。

だが、現状では第二騎士団は出動できる状況ではないのだ。

「第二騎士団では障害が生じる可能性があります」

生産に余裕がないこの世界で糧秣《りょうまつ》を集めるには時間がかかる。対外戦争が終わって久しく、魔獣氾濫《モンスターフラッド》は予測できるこの国で、常時の備蓄は最初から少ない。

そして今年は魔獣氾濫《モンスターフラッド》が起こらない前提で、ドレファノとケンドールのシェア争いが行われている。

備蓄は遠征に耐えられない。ミーアとジェイコブの調査でわかった事実だ。瓢箪《ひょうたん》から駒だったな。

もし緊急出動となれば、ドレファノとケンドールは足を引っ張り合う。ただでさえもめるであろう派兵は余計なロビー活動でかき回される。最悪、派遣そのものを妨げかねない。

魔獣氾濫《モンスターフラッド》に対する討伐は、極言すれば上位個体一体の討伐であり、魔獣の群れとの戦争ではない。人数は最重要ではないはずだ。これは、事前にフルシーに確認している。

第二騎士団の派手な出陣式は国家のデモンストレーションと、軍の予算獲得アピールだ。実際ここ何度かの討伐で犠牲者はゼロ。

「ふむ。そなた、第三騎士団……いや、クレイグ王子に何か繋《つな》がりでもあるのか？」

大公は目を細めた。クレイグって誰だっけ。……ああ、第三王子がそんな名前だったか。見当違いも良《い》いところだ。王子様個人のことなんてどうでも良いです。

もっとも、第三騎士団の形式的なトップが王子であることも計画のウチだ。

「私は春の祭典を見ていました。『仮に災厄が訪れようと、〝王〟国はそれに打ち勝ち、平和と繁栄を守るであろう。これまでのように』でしたね」

「……第三騎士団の長は第三王子。災害を防いだ立て役者は王子となるな。王家としては巫女姫《みこひめ》の予言を否定した失態を補って、いや王家が力を合わせて災厄を防いだという絵か。アルフィーナに対する風当たりも抑えられるな」

エウフィリアの表情がわずかに緩んだ。その視線が俺とアルフィーナの間を行き来した。何を誤解したのか知らないが、もはやアルフィーナの保身は村の保身、ヴィンダーの保身、そして俺の保身だからな。

「最後の一つは？」

少しだけ迷う。ここまでの二つで、最低限の守りは固めることができる。だけど、もうそこで止めるわけにはいかない。子供の喧嘩《けんか》じゃないからな。

「西方への騎士団派遣の情報を明かすまで十日ほどの猶予を。おそらくですが、内々の根回しだけでそのくらいはかかるでしょう」

「十日で済むわけがなかろう。まあ、徹底しても良い。その理由は？」

大公は俺をじっと見た。

「情報の独占は商家にとって何よりの利益、としか申し上げられません」

俺はあえて芝居がかったとぼけ方をした。実際、この要求だけは徹頭徹尾、完全無欠にこちらの都合だ。俺たちは互いに見つめ合う。

「……良かろう。それも含めて褒美じゃ。アルフィーナもこのことは決して口にするな。アデルの娘が戻ってきてもじゃぞ」

「クラウにもですか。は、はい、わかりました……」

「ありがとうございます」

俺はいろいろな意味を込めて頭を下げた。クラウディアに伝わったら、計画が台なしになってしまう。

「あの、それだけですか。私のことばかりで。リカルドくんには何も……。そ、そうです。もともとは私がお願いしたのですから。私にできることなら何でも……」

「な、何でも、ですか」

アルフィーナは真剣な表情で強くうなずいた。青銀の髪の毛が、控えめだが形の良い胸元に流れ落ちた。ゴクリッ、思わずつばを飲み込んだ。

「ほう、やはりアルフィーナと何か約束があったのか？」

「ち、違います」

アルフィーナには俺のお願いは小さな葛籠に見えるだろう。だが、こちらにとっては巨大な葛籠なんだ。別に相対的な意味で言っているわけではない。互いの小さな葛籠を交換して大きな葛籠にするのが商売というものだ。

「ふむ、ではそうじゃな。妾の遠縁の子爵家に年頃の一人娘がおる。家を継ぐ婿を探しておるのじゃが。もしよければ紹介してもよいぞ」

「叔母上⁉」

アルフィーナは驚いて立ち上がる。おかげで俺が驚きそこねた。

「どうしたアルフィーナ。大事な友達の出世の話じゃぞ。こやつが親戚となれば今までよりも付き合いやすかろう」

「そ、それはそうですけど。そういうことではなくて……。その、そういうことは当人の意思が……」

「うーむ。確かに、平民が婿候補となればルィーザは不満を抱くかもしれんな」

「そんなことは。そうではなくて、これはリカルドくんへのお礼の話のはずです、リカルドくんの希望も聞かずに……、そんなのダメです」

アルフィーナの口調に子供っぽさが顔を出した。兄を取られるのを嫌がる妹みたいでちょっと微《ほほ》笑《え》ましい。

「そなたこそ、リカルドの意思を無視しているのではないか？　妾は紹介してもよいと、希望を聞いておるのだ」

「えっ、あ、その……」

アルフィーナは困った顔で俺を見る。答えなど決まっている。あとこの手の話って実際紹介されたら断れないんでしょ、それくらい俺でも知ってますよ。

「当家は蜂蜜の商売にこれまで多くの時間をかけております。先ほど閣下は小さな商売とおっしゃいました。ヴィンダーは確かに小さいですが」

俺は胸を張った。

「子爵と引き換えるほど安くはございません」

副業にうつつを抜かす暇があるほど、俺の目標は小さくない。どうせ、身分など毛程の価値もおいていないとばれているのだ。

でも、その子爵令嬢の耳には今の言葉が入りませんように。

「くくっ、はははは」

貴婦人は口を大きく開けて笑った。おまけに羽扇で机をバンバン叩《たた》き始めた。さっきまでの威圧感が綺麗《きれい》に消えている。

「そうか子爵ごときと交換はできんか。なるほど、ベルトルドの御用商人にでもして箔《はく》を付けてやろうかと思ったが、それもいらんじゃろうな」

「今後もある程度の自由をいただけることも報酬の一部と考えてほしいですね」

別に無欲じゃないんだ。間接的な保身ばかり求めるのは、逆にいえばヴィンダーに直接干渉するなということだ。貴族の庇護《ひご》の下、紐付《ひもつ》きの安全は俺の目的にはミスマッチなのだ。

自由というのは天与の権利ではなく、極めて貴重なリソースだ。特にこちらの社会では。

もちろん事ここに至っては、そういった力も必要だ。というか、レイリアを通じてもう結びついてしまっている。だからこそ、御用商人なんて時代がかった制度じゃなく、もっと透明性のある利害調節の関係が必要だ。腹案はあるが、これまた落ち着いた後の話だな。

「ま、もう少し長い目で見てやろう。リカルドがおれば姪《めい》をからかう楽しみも増えるというものだしな」

エウフィリアが言った。そういえば、いつの間にかリカルドになっているな。まあ、いいや。そちらはそちらの仕事をやってください。俺は、最後の件に関してこれからいろいろと忙しいので。

＊

十日後。俺はいつものように図書館に向かっていた。

「先輩」

「準備はどうだ」

「噂《うわさ》については、市内にゆっくりと撒《ま》いています。ジェイコブが広めてますから、いずれ軍内にも届くでしょう」

「反応は？」

「予想どおり、まともに相手にする者はいません。ドレファノに反感を持つ人間が憂さ晴らしに広める程度です」

「予定どおり、だな」

俺はなるべく感情を抑えて言った。中庭で小太りの少年が取り巻きの平民学生たちを従えて歩いている。一人二人……、十二人か。また増えているな。景気の良いことじゃないか。

「はい。ですが……」

「どうした？」

「王女殿下がことを知ればどう思うでしょうか」

「……それは今重要なことか？」

あのお姫様の性格上、今から俺がやろうとしていることを知ればいい顔はしないだろう。だが、今は何よりも守るべきものに集中する。

村の子供の誘拐未遂は、結局ドレファノに繋がった。ジェイコブたちの調査で、傘下の中堅商会の一つが依頼元だと特定できたのだ。

「由《よし》なきことを言いました。あとは……」

ミーアは中庭からこちらに手を振る女生徒を見た。ちなみに俺にはしかめっ面だ。

「ケンドールに第三騎士団の動向を注意するように情報を流します」

「俺に伝《つて》がないばかりに、悪いな」

子供同士はなるべく子供の遊びの範囲でいてほしいというのは、今の俺が言うとエゴだな。

「いいえ、リルカたちのためにもなることですから」

第三騎士団の駐屯地が騒がしくなっているのも確認済みだ。今ごろ王宮ではあのおっかない女傑が、フルシーの首根っこを摑《つか》んでプレゼン中だろう。

「よし、こっちの準備も整ったな」

巨大商会にはたくさんの尻尾が生えている。俺たちの今の力じゃ、その尾の一本ですら巨大だ。

ならば、狙うのは一つではないか……。

第16話

祝賀会のパンチボウルを片づけたい

一月半近くが経《た》った。

からりとした七月の風を切るように、隊列を組んだ騎馬軍団が整然と王都の西門をくぐった。第二騎士団と比べると人数も少なく、鎧《よろい》には装飾も皆無の質実剛健な集団、第三騎士団が西方の討伐より帰還したのだ。先月〝調査〟に出発したときとは変わって、王都の民衆に迎えられている。

歓声が集中するのは、先頭を進む指揮官。団員と同じく実用性を重視した飾り気のない鎧。脇に抱える兜《かぶと》もシンプルな鐘形だ。

もっとも、銀色の騎士鎧と後ろにはためく青い薔薇《ばら》の旗のコントラストは十分目立つ。

しかも、団長〝殿下〟は栗色《くりいろ》の短髪の野性味ある美丈夫。まだ二十五歳の若さだと聞くが、自信に満ちた表情には風格がある。

歓声の中に黄色い声が目立つわけだ。

騎士団の中央に馬に引かれた台車が二台あり、一台目には巨大な狼《おおかみ》が二頭乗せられている。大きさはサイぐらいはありそうだ。イヌ科というには少しずんぐりとした体型で、特に首回りがすごい。逆立つ首回りの毛は、たてがみみたいだ。額に巨大な赤い結晶が付いている。

二台目にはそれよりも小型の首が並んでいる。といってもライオンくらいある。なるほど、この群れに襲われたら村なんて簡単に消滅するわけだ。というか、よく勝てるな騎士団は。

王子自ら先頭に立って魔獣の群れを討伐。実際には先頭には立ってないと思うけど、この場に集まった民衆による彼のイメージは間違いなくそんな感じだろう。

新たなるヒーローは民衆にとって格好の娯楽だ。まあせいぜい目立ってほしい、彼と彼の部下たちが目立てば目立つほど、俺たちから目がそれるのだから。

そして、彼らはそれだけのことをしている。実際には不確定要素の大きな西方の魔獣領域に彼らを放り込んだ形の俺としては、感謝するだけだ。

実際、ボスが二頭というのは、フルシーに聞いていたのとちょっと違う。二台目の台車に乗っていた魔狼《グラオザーム》は剣や槍《やり》による傷より、かみ切られた痕が多かったから、ボスを潰して群れが共食いで自壊というのは予定どおりなのだろうが……。

魔獣や魔脈に関しては、まだまだわからないことばかりだ。

民衆の歓声に応える騎士団を見送りながら、俺は本来の目的地に向かった。王都の中央通りに面した一等地。ウチの十倍くらいありそうな大店舗。

堂々たる店構えはひどいことになっていた。前日まで、誇らしげに掲げられていた名誉男爵の紋章がはぎ取られている。よほど乱暴にはがしたのか、切れ端が残っている。

壁には落書き、投石の跡まである。

理想は不変《ふへん》だが、それゆえ現実には存在しない。一方、現実は厳然と存在する。だからこそ強者はそれを絶対視する。下手をしたら、今ある現実を理想だと混同《錯覚》するほどに。だけど……。

「現実は時に、一瞬で変化する。次の現実にな」

栄華を誇った王都一の大商会のなれの果てを見て、俺はそうつぶやいた。

弱者は理想と現実を混同しないように、強者は現実と理想を混同しないように。この世界よりもずっと変化のスピードの速い場所から来た俺はよく知っているんだ。

さて、そろそろ家に戻らないとミーアに怒られるな。何しろ、この後は出たくもない催しが待っている。学生の格好で行って、壁際で気配を消しておこう。

＊

夕闇の中、大公邸の敷地《しきち》には灯《あか》りが溢《あふ》れていた。玄関ホールとそれに続く広間、そして広い庭がパーティー会場と化しているのだ。ホテルの式場のように飾り立てられた空間には、多くの貴賓が優雅に談笑している。

ベルトルド大公が主催する祝賀会だ。前例のない騎士団の西方への派遣のために動いた関係各位への礼という形らしい。

着飾った若い男女、学院で見たことがある貴族学生や、教師もちらほら見える。俺は慌ててカーテンの陰に身を隠した。お前なんでいるのって顔で見られたのだ。いや、俺が聞きたいよ。

巫女姫《みこひめ》の予言を真実と見抜いた賢者様、の指示どおり西方に資料を取りに行った。それも商売のついでに。それが俺たちの設定のはずなんだ。

主役は二人だ。一人はむろん同級生の女の子。今は玄関ホールの中心で、大公の横に立ち、多くの客に囲まれている。胸元に大きなリボンをあしらったシンプルな白のドレス姿。

遠目にも眩《まぶ》しい。そばにいるのはあの女騎士ではなく、知らないお嬢様だ。後ろにあの侍女さんも控えている。実に誇らしそうだ。

予言の聖女を褒《ほ》め称《たた》える客が引っ切りなしに挨拶にやってくる。学院で見たことのある若い男女も多い。あの中庭の光景から三ヵ月しか経ってないんだけどな。

必死な顔で頭を下げているのは、彼女がうとまれていたときに離れたご令嬢だろうか。もちろん、俺は近づいたりしない。というよりも……。

「もう帰っていいんじゃないか。やっと本業に戻ったばかりだぞ」

王都の商業界の一大事で生じた新しい状況。仕事はこれでもかと積み重なっている。書類の数なら、アルフィーナを取り巻く学生の数にも負けない。

早くも新しい取引先から蜂蜜の引き合いがあるのだ。

「主催者直々の招待状なのに、勝手に帰れるわけないです。ちなみに館長も先輩のようなことを言ってましたけど、あのとおり我慢してます」

ミーアはふいと顔を背けた。そういえば、来る途中で友達の女の子と別れていたな。どこに行くか聞かれて困っていた。確か、王都の中央通りでも、騎士団凱旋《がいせん》を祝ってお祭り騒ぎが続いているんだよな。

「あの爺《じじい》もこういうの苦手そうだもんな……」

もう一人の功労者、フルシーはアルフィーナから少し離れたところで、禿頭《とくとう》の男に話しかけられている。確か学院長だったか。図書館長のまま名誉理事と賢者の称号、それに伴う生涯年金が贈られるという。爵位云々《うんぬん》って話も出たらしいが、その分研究費をくれと言ったらしい。

おかげで、アルフィーナの功績を希釈するためにも大盤振る舞いらしい。生涯年金とやらも含め趣味に消えるんだろうな。

「そういえばあの女はどうして主《あるじ》のところにいないんだ？」

俺は少し離れたところに佇《たたず》んでいるクラウディアを見た。確か一週間くらい前に学院に戻ってきたのを見たけど。

壁の花と化した赤毛のポニーテールに、いつもの覇気はない。俺に躊躇《ためら》いもなく白刃を抜いた気合はどうした？　「どうしてお前ごときがこんなところにいる」とか言ってきてもいいんだぜ。それを言い訳に帰れるかもしれない。

「側近から外されたのでしょう」

ミーアのトーンが下がった。そういえばアルフィーナはともかく、大公の信用は失ってたな。

「気の毒に、彼女自身に責任はなかろうに」

自慢の実家が大事な主と対立、とまではいかなくても距離を置き、その間に主君が大殊勲か。忠臣のプライドはぼろぼろというわけだ。

「一貫してない行動の結果ではあるか」

「先輩の行動は一貫していましたね。近づかない近づかないと言いながら、一貫してアルフィーナ様との距離を詰めていきました。言行は不一致ですけれど」

「めったなこと言うな。こんな場所で目立ったら俺の保身が……」

「先輩は、保身という言葉の意味を調べ直すべきです。特に人間関係に関しては」

視線に気づかれたのか、クラウディアは俺のほうを見た。おっと、憔悴《しょうすい》した顔のロワン伯爵公子の登場だ。ロワンはクラウディアに何か文句を言っている。

「親が同じ騎士団の団員同士といってもうまくいかないものだな」

「第二騎士団の重鎮ロワン伯も随分と評判を落としましたからね。アルフィーナ様の側近であるのに情報を隠したと思われているのでしょう」

「ああ、ドレファノと組んで魔獣氾濫《モンスターフラッド》の討伐を妨害しようとした、って噂《うわさ》が立っているんだっけか」

「少し前までは誰も相手にしない馬鹿げた噂でしたが、起こるはずがない西方で魔獣氾濫《モンスターフラッド》が起こり、物資不足で対応できない第二騎士団が第三騎士団に出番を奪われました。不幸な偶然により、噂は一気に信憑性《しんぴょうせい》を得ました。まるで〝予言〟ですからね」

ミーアは皮肉っぽい顔で俺を見た。噂の時限爆弾は見事に破裂したわけだ。

「なぜか間髪容《い》れずに第三騎士団に遠征用の食料を提供したケンドールの告発もあって、ドレファノ会長はギルド代表を更迭。名誉男爵位は剝奪です」

「偶然っていうのは恐ろしいな。油断大敵だ」

「恐ろしいのは先輩では」

「商売敵なら商売で相手をするが、政敵は政治で相手をする。命をとったわけじゃなし。息子をさらったわけでもない」

ぼろぼろになったドレファノ商会、昼間の光景を思い出しながら俺は言った。実際にはこれからもっとひどいことになるだろう。これまでギルド代表という地位に掛かっていたレバレッジが一気に外れたのだ。

莫大《ばくだい》な投資をした後で市場から追放されるようなものだからな。借金の金利で潰れる。ここら辺は金も権力も、同じように振る舞う。自分以上の力を使うときは注意だ。今の状況を考えると俺も他人事《ひとごと》じゃない。

「その息子も学院を去りました」

「……そうだな」

ちょうど今日の夕方、学院の裏門からドレファノの息子が出ていくところを見た。俺が最後に見た十二人の取り巻きの中で、見送りは二人だった。だが、残ったんだからたいしたもんだ。

「気がつくといいな。残ったその二人が、元の十二人よりも価値があることに」

敵だったのはあくまでドレファノの会長だ。息子はムカついただけ。ただし、同情はもとより後悔もしない。

ドレファノがウチを狙えば必然的に俺の周りの人間も被害に遭う。逆もまたそうなるのはわかっていたこと。そもそも、大勢のドレファノの従業員とその家族を路頭に迷わせたことに比べればなんでもない。

あの親子が没落しても、ギルド内のヴィンダーの地位は変わらない。動き回れる余地が少しだけ増えた程度だ。あとは……。

「今回の件の最大の利益は貴重な人脈が手に入ったことだな。それも二人も」

俺は老人と、この宴《うたげ》の主催者を見た。後者は扱いが難しいが、論理で話が通じるだけでこっちではありがたい相手だ。いろいろ予定外だったけど、最終的には採算は取れたかな。

「もうお一方いるのでは」

ミーアが白いドレスの少女を見た。将来性は十分だし、人柄も信頼できる。本当なら……。

だけど、今回のことでそのボラティリティーが跳ね上がっている。とてもじゃないけど、俺たちが気軽に近づける相手じゃない。いや、今回のことは彼女にとっても危険を……。

「これまで以上に適切な距離を心がけないとな」

その距離について答えが出ていないまま、そう言ったときだった。

「リカルド・ヴィンダー殿ですね」

品の良《い》い黄色のドレスが近づいてきた。栗色の髪の毛を結い上げたバレリーナのような小顔のご令嬢だ。さっき、アルフィーナの隣にいたような気がする。

「はじめまして。私はモーランド子爵の娘でルィーザと申します」

「……リカルド・ヴィンダーでございます。私ごときに何のご用でしょうか？」

思い出した、大公閣下が言っていた子爵の一人娘だ。まさか、お前なんて銅商会以下の価値だって啖呵《たんか》を切ったのをバラされたか。

「このたびアルフィーナ殿下の社交関係の補佐をすることになりました。今や聖女という声すらありますし、今後はその方面でいろいろとあるでしょうから」

ルィーザの視線が、大公の隣で客に取り囲まれているアルフィーナに向いた。なるほど、確かにそういう人間が必要になるだろうな。となると最初の仕事は……。よし、帰れるかもしれないぞ。

「そこで殿下の信頼厚いリカルド殿にご挨拶をと」

「それはご丁寧に。恐縮でございます。しかし、私としてはそろそろ分不相応の場からは退散させていただきたいと思っていたのですが……」

わかっている、お前の本当に言いたいことはわかっているぞ。俺は令嬢に忖度《そんたく》した。

「まあ、それでは私が叱られます。殿下はリカルド殿を待っておられますのに。ささ、おそばに行って差し上げてください」

俺の予想と百八十度反対のことを言い始めた。大丈夫かこの新しい側近。おかげで憔悴していた壁の花がこちらに近づいてくる。

「それは一体何の話だ」

「あら、確かアデル家のクラウディア様でしたか。聖女殿下の側近を務めて〝おられた〟」

過去形で言われている。怒ると思ったが、クラウディアはピタッと足を止めた。

「くっ、わ、私は……。そうではない、この平民がアルフィーナ様の信頼を得ているなどと、いい加減なことをこのような場で口走るなど」

「あら、おかしなことではないでしょう？　皆はすっかりなかったコトにしているようですけど、アルフィーナ様が予言を口にして以来、多くの人間が突如として母方を問題にして離れましたよね。貴女《あなた》と貴女のご実家も含めて」

「そ、それは……」

「アルフィーナ様が最も心細かったとき、殿下のお言葉に耳を傾け、そして、お助けしたのがリカルド殿ですよ」

「なっ‼　……ありえない。何かの間違いだろう。いや、この男がアルフィーナ様に擦り寄るチャンスと見たまでのことに違いない。この男は前から――」

クラウディアは現実を拒絶するように、頭を振った。

「クラウ。貴女はなんということを……」

「で、殿下……」

最悪のタイミング――クラウディアにとっても俺にとっても――でアルフィーナの登場だ。女騎士はまるで悪役令嬢みたいになっている。

「今回の災厄を防ぐことができたのは、リカルドくんのおかげなのですよ」

「そうじゃな。こやつの功績は疑いない。ミーア君の力も大きいがな」

アルフィーナの後ろでもう一人の宴の主役、賢者フルシーがうなずいている。俺は焦った。宴の主役の二人そろって設定を忘れているんじゃないか。クラウディアが青くなった。俺だって青ざめたい。

会場では珍しい平民の俺たちに宴の主役がそろって話しかけているのだ。周囲の視線がこちらに集まっている。

「過分なご評価は恐縮の極み。ですが私は〝たまたま〟予言の地のことを知っていただけ。すべては真実を口になさったアルフィーナ様のご勇気。そして、賢者様の深遠なる知識の賜物《たまもの》です」

冷や汗を垂らしながら必死で軌道修正を試みる。姫は悲しそうに俺を見る。やめてくれ、そんな痛ましげな目で見なくていいから。

俺はちゃんと利益は確保した。それで、同級生の家とか潰しているから。

「まあ、殿下のおっしゃられるように奥ゆかしいこと。大公閣下もすべての絵を描いたのは貴方だとまで褒めていましたのに」

ルィーザが頬に手をやるポーズで言った。いかにも感心してますという態度だが、この女は一癖も二癖もありそうだ。

「そ、そんな大公閣下まで……」

クラウディアの顔色はもはや真っ白だ。赤毛の色までくすんで見える。周囲の視線も困惑を深めている。さっきまではお優しいお姫様が、卑しい同級生にまで気を遣っている感じだったのに。

「リカルドくん。叔母上様が呼んでいます。ミーアさんも一緒に」

とどめとばかりにアルフィーナが俺たちに手を伸ばした。彼女の後ろではエウフィリアが例の羽扇で手招きをしている。設定はどうした。契約不履行で訴えるぞ。勝てないけど。

俺は仕方なく、出荷される牛の気分で、アルフィーナに従った。

「やっと来たか。今回の立て役者があのような端っこに隠れて、一体何の悪巧みじゃ」

主催者の前に出た俺に、イスに座ったエウフィリアが言った。周りの貴顕たちに動揺が広がる。

「大体、アルフィーナが其方《そのほう》のために誘いを断り続けているのに、もたもたしおって」

なんで甲斐性《かいしょう》なしみたいに言われているんだという疑問に答えたのは、周囲の目の中でひときわ鋭い複数の視線だった。若い男性ばかりだ。

そうか、さっきのはダンスの誘いか。

「今後はアルフィーナに注目が集まる。そのときに平民男が近づけば波紋は大きかろう」

大公が俺にだけ聞こえるように、羽扇を傾けて言った。だから離れてたんだけど。

「ならば、最初からそばにいるのが当たり前にしておいたほうがよろしいかと」

そばにいたルィーザがそうささやいた。お前がおかしなことを吹き込んだのか。

「妾《わらわ》としても目を離すわけにはいかんしな。何しろ、今回の波紋は思ったよりも大きく……」

エウフィリアがさらに不穏なことを言い出したときだった。会場の入り口のほうで大きなどよめきが走った。

宴の主がイスから立ち上がった。王国でも有数の大貴族の屋敷《やしき》に侵入者？

人の群れが左右に割れる。現れたのは軍装の一団だった。数は五人。その中心には精悍《せいかん》な若い男がいる。なんかちょっと前に見たことがあるような……。

「これはこれはクレイグ殿下。討伐の立て役者にお出《い》でいただくとは」

エウフィリアが足早に男の前に出ていく。

「おお、叔母上、相変わらずお美しい。いや、なに、駐屯地に戻る前に挨拶に寄ったまで。気を遣われますな」

精悍な顔にいたずらっぽい笑みが浮かべて王子は言った。

「ふむう。殿下は西部の恩人ゆえ、本来なら屋敷を挙げて歓迎せねばならぬところなのじゃが」

「いやいや、騎士団の一員として当然の役割を果たしただけのこと。これまで一度も生じない西方の魔獣氾濫《モンスターフラッド》を見抜いた叔母上こそが称えられるべきでしょう。ああ、賢者殿に巫女姫ももちろんのことだが」

クレイグはエウフィリア、フルシー、アルフィーナと視線を移していき、そして、それを俺のところで留めた。

「おや、アルフィーナの隣に知らぬ顔が。もしかして妹に協力したという学院の友人かな」

気さくそうな笑顔を向けられ、背筋に寒気が突き刺さった。

「そうです」

「協力などと、過大評価が過ぎます。私はただ賢者様の指示に従ったのみでございます」

俺は慌ててアルフィーナの言葉を引き取った。こっちはすでに管理出来ないコネで一杯一杯。ただでさえ容量の少ない名刺入れはぱんぱんだ。これ以上一枚たりとも入らない。

「なるほど。これからもアルフィーナをよろしく頼むよ。リカルド」

「身に余る光栄でございます」

俺はなんとかそう口を動かした。なんで名前を把握している。王子らしく、全ての功績は討伐を指揮した自分にあると思っててくれれば良いのに。

反らしそうな目を必死に前に向けている俺と、余裕の表情でこちらを見る王子。俺達の視線が絡まって、そして離れた。

「さて、あまり長居をするわけにもいかんな。これで失礼させていただこう」

クレイグはあっさりと俺を解放した。

「ふむ、殿下も遠征から戻られたばかり、ゆっくり休んでいただくのが一番じゃろうな。そうでないと、妾が色々言われてしまう」

クレイグの挨拶に、エウフィリアも言外の何かを強調して答えた。春の祭典の最上段の光景が脳裏をよぎった。

王子はきびすを返した。颯爽と引き上げる背中が消えると、俺は溜め込んだ息をやっと吐き出した。

実を言えば、あの王子様からは欲しいものがある。今回の魔脈の異常についての情報だ。今後の事を考えると、必須の一次情報になる。もちろん、聞き出すのは賢者様の仕事だからな。

俺は教え子に助け船一つ出さなかった老人を見た。

「……思わぬ飛び入りじゃったが。宴を冷ますわけにも行くまい」

大公が小さく首を振ると、羽扇を上げた。リズム感を強調した曲に音楽が変わった。そして、嫋《たお》やかで白い腕が俺に差し出された。

「踊っていただけますか、リカルドくん」

しまった、サプライズゲストのおかげで逃げるタイミングを逸した。

「お、恐れながら、私はアルフィーナ様と踊れるような心得はありません。せっかくの宴を盛り下げては申し訳なく……」

平民学生向けの授業があったから基礎だけはやった。だが、本番がこれでは無茶すぎる。

「リカルドくんにもできないことがあるのですね。大丈夫です、お誘いしたのは私ですから、頑張ってリードします。私も男の子と踊るのは初めてですからちゃんとできるかわかりませんけど」

アルフィーナの発言に、周囲もざわめきを取り戻した。貴族の女性が初めて社交界で踊る相手って、何か特別な意味がなかったか？

「婚約者がいればその方。そうでなければ、最も信頼できる男性ということになっています。普通は後見人です」

ジト目のミーアが解説をしてくれる。疑問は解けた。アルフィーナの後見人は女大公だ。そういえば、彼女にとって俺は兄枠らしいからな……。

おそらくアルフィーナをけしかけた張本人、ルィーザがおもしろそうに見ている。その後ろで、例の侍女さんがハンカチを噛《か》まんばかりの表情をしている。いや、後ろ手に摑《つか》んでいるカーテンが明らかに不自然にねじれている。こっちが正常な反応だろうに。

ワルツ風のリズムが始まる。周囲の目はこちらに集中したままだ。ここで断れば宴の主役である救国の聖女に恥をかかせた無礼者。

そう言った悪評を貰ってこの状況から逃げる、という選択肢が脳裏に浮んだ。彼女の指先が微かに震える。まったく、放っておけるわけがないじゃないか。俺は手を伸ばした。

細くて綺麗な指に恐る恐る手を添える。一瞬で手汗がひどいことになるが、アルフィーナはしっかり握り返してきた。

広間と庭の中間へと、勝手に会場中央への道が開く。宴の主役、美しい王女を独占している俺に突き刺さる目、目、目。それも、素で嫉妬されてる視線が多数だ。

仮に王女じゃなくても、宴の主役じゃなくても、どう考えても相手がうらやまれる美少女。ましてや、白い清純なドレスを着た今の姿は眩しすぎる。俺の許容範囲は、書庫の隅で頼りない光の下に佇んでいた天使が精一杯なんだがな。

ダンスが始まった。こちらに合わせてだろう、アルフィーナは一番基本のステップだ。それになんとか合わせながら、俺に微笑む腕の中の少女を見る。

聖女と称えられている少女はとても美しく、そしてはかないまでに危うい。本物の予言という大きな力を背負った以上、今回の活躍が彼女にとって長期的なプラスかどうかは極めて疑わしい。彼女の力や名声を恐れる者、利用しようとする者。いくらでも湧いて出てくるだろう。

そして、次の予言が来ないという保証はないのだ。

この危なっかしい女の子がもう少し大人になるまで見守る。それくらいの義理はある。何しろ、彼女にはウチの事業を救ってもらった上に、あの村の領主様だ。

……あとはまあ、この手を引く役目を他の誰かに任せるのはおもしろくないという、一種の保護者的な感情も仕方がないの範囲だろう。

こうして、俺の保身の尊い犠牲とともに、一つ目の災厄は終わった。

のらふくろう

1974年生まれ。山口県出身。地方国立大学大学院修了。小説投稿サイト「小説家になろう」で異世界転生や知識チートの魅力に触れ、2016年8月から投稿を開始。本作がデビュー作となる。

レジェンドノベルス
LEGEND NOVELS

予《よ》言《げん》の経《けい》済《ざい》学《がく》 1

巫《み》女《こ》姫《ひめ》と転《てん》生《せい》商人《しょうにん》の異《い》世《せ》界《かい》災《さい》害《がい》対《たい》策《さく》

2018年11月5日　第1刷発行
2019年9月30日　第2刷発行

［著者］　のらふくろう
［装画］　七和《しちわ》 禮《れい》
［装幀］　ムシカゴグラフィクス

［発行者］　渡瀬昌彦
［発行所］　株式会社 講談社
〒112-8001 東京都文京区音羽2-12-21
電話 ［出版］03-5395-3433
［販売］03-5395-5817
［業務］03-5395-3615

［本文データ制作］　講談社デジタル製作
［表紙・カバー印刷］　凸版印刷株式会社
［本文印刷・製本］　株式会社 講談社

N.D.C.913 252p 20cm ISBN 978-4-06-513626-3

レジェンドノベルス
LEGEND NOVELS